KB267747

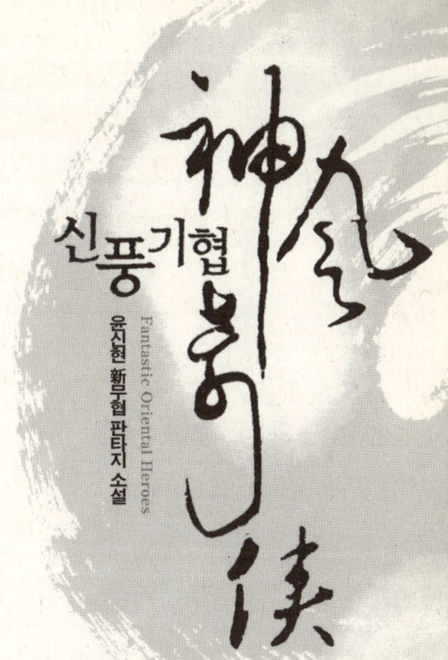

신풍기협
神風奇俠
Fantastic Oriental Heroes
윤신현 新무협 판타지 소설

신풍기협 6

윤신현 新무협 판타지 소설

초판 1쇄 찍은 날 § 2013년 1월 18일
초판 1쇄 펴낸 날 § 2013년 1월 25일

지은이 § 윤신현
펴낸이 § 서경석

편집부장 § 권태완
편집책임 § 박우진

펴낸곳 § 도서출판 청어람
등록번호 § 제1081-1-89호
등록일자 § 1999. 5. 31
어람번호 § 제2-2300호

주소 § 경기도 부천시 원미구 심곡2동 163-2 서경B/D 3F (우) 420—822
전화 § 032-656-4452 팩스 § 032-656-4453
http://www.chungeoram.com
E-mail § chungeorambook@daum.net

ⓒ 윤신현, 2012

ISBN 978-89-251-3148-1 04810
ISBN 978-89-251-3014-9 (세트)

신풍기협

神劒風雲俠集

윤신현 신무협 판타지 소설

FANTASTIC ORIENTAL HEROES

6

도서출판 청어람

목차

第四十章
일통(一統)

신풍기협

신풍기협

이른 아침부터 강진혁의 집무실로 사람들이 모여들었다.
가장 먼저 최측근이라 할 수 있는 위지명이 언제나 그렇듯 깔
끔한 청의무복 차림으로 모습을 보였고, 그다음으로 고급스
러워 보이는 황의장포를 걸친 금일강이 안으로 들어왔다.

뒤이어 합류한 지 얼마 되지 않았음에도 불구하고 풍산장
에서 빠르게 입지를 다져 가는, 이제는 총관이라 불러도 부족
함이 없는 면모와 능력을 보여준 자하가 깨끗한 백의궁장 차
림으로 문을 두드린 후 집무실에 들어왔다.

"내가 마지막인가 보군."

세 사람이 들어왔음에도 입을 열지 않고 있던 강진혁의 고

개가 마지막 방문자를 향해 돌아갔다. 이윽고 펑퍼짐한 마의를 입은, 촌로 분위기가 물씬 풍기는 곽휴가 너털웃음을 흘리며 모습을 드러냈다.

"이것으로 모두 모였습니다."

"좋아. 그럼 아침 조례를 시작하자."

"예."

익숙하게 각자의 자리에 앉는 사람들의 모습을 보며 입을 연 위지명이 강진혁의 대답에 고개를 끄덕였다.

잠시 후 모두의 시선이 강진혁에게로 향했다.

"일단 소주의 현재 상황부터 알아볼까 하는데."

호풍회의 정보 조직은 아직 화운루에 비하면 규모 면에서나 능력 면에서나 많이 부족했다. 더구나 화운루의 경우 남홍파를 수족으로 다루기에 소주 내에서의 정보력은 타의 추종을 불허할 정도였다.

그나마 비교할 수 있는 대상이라고 하면 서금파의 고창기가 이끄는 비망(秘網) 정도인데 이마저도 화운루와 감히 비교할 수는 없었다.

고창기의 비망이 고작해야 서쪽을 중심으로 얇게 흩어진 것이 비교해 화운루의 정보망은 소주 전체를 아울렀기 때문이다.

"보고 드리겠습니다. 현재 소주의 암흑가는 간단하게 말해 오리무중인 상태입니다. 동일파가 저돌적으로 북천파의 구역을 흡수하고 있으나 아직까지 완벽하게 장악하지는 못하고 있습니다. 이유는 북천파를 따르던 중소 조직의 반발 때문입니다.”

“서금파는?”

“아직도 회주님과 위지 공자님을 찾는 데 주력하고 있습니다.”

“뒤를 노리는 것인가?”

“신중한 성미의 성하곤을 생각하면 그럴 가능성이 높습니다.”

은쟁반에 옥구슬이 굴러가듯 맑고 청아한 목소리로 자하가 차분하게 보고를 하기 시작했다. 그러자 금일강과 곽휴가 흐뭇한 표정을 지었다.

가만히 자하의 음성을 듣고 있자니 기분이 절로 좋아졌던 것이다. 하지만 위지명은 시종일관 강진혁과 마찬가지로 무표정한 얼굴을 고수하고 있었다.

“시일이 꽤 지났는데도 찾고 있다라. 그 말은 동일파가 북천파의 구역을 차지해도 뒤집을 힘이 있다는 소리겠지?”

“예. 충분히 그럴 만한 힘을 축적하고 있는 것으로 조사되었습니다. 또한 북천파의 구역을 흡수하면서 동일파의 전력 손실 역시 커지고 있기에 시간이 갈수록 유리한 쪽은 서금파입니다.”

강진혁은 고개를 끄덕거렸다. 간단명료한 자하의 설명에

이해가 쏙쏙 되었던 것이다. 그리고 더불어 자하의 유능함을 다시 한 번 깨닫게 되었다.

"한쪽은 무모할 정도로 저돌적, 다른 한쪽은 지나칠 정도로 신중하다라. 성향이 극과 극이군. 그런데 서금파의 두목은 남홍파에 신경을 안 쓰나?"

"안 그래도 며칠 전부터 고창기의 비망이 남방대로를 주시하고 있습니다."

"그릇만 보면 성하곤이 가장 큰 것 같군. 근데 왜 일통을 못했을까."

"집중을 하지 못해서 그런 것 같습니다."

강진혁의 시선이 자하에게로 향했다. 설명을 요구하는 눈빛이었다. 그에 자하가 눈을 한차례 깜빡인 후 입을 열었다.

"서금파의 두목인 성하곤에게는 한 가지 고상한 취미가 있습니다. 언뜻 들리는 소문으로는 고창기보다 취미를 더 소중히 여긴다는 말이 있을 정도지요."

"심복이라 할 수 있는 고창기보다?"

"네."

서금파의 이인자이며 매제이기도 한 고창기보다 취미를 더욱 소중히 한다는 말에 강진혁이 의아한 표정을 지었다. 취미를 사람보다 높게 둔다고 하자 이해할 수가 없었던 것이다. 그리고 그것은 자하도 같은 생각인 듯 강진혁을 바라보며 고개를 끄덕였다.

“도대체 무슨 취미인데?”

“오래된 도자기를 수집하는 거라 합니다.”

“골동품 같은?”

“네.”

강진혁이 헛웃음을 흘렸다. 사람보다 도자기를 아낀다고 하니 어이가 없었던 것이다. 물론 골동품의 가치에 대해서 모르는 것은 아니다.

그 역시 골동품이 역사적으로 큰 의미와 가치를 가진다는 사실을 알고 있으니까. 하지만 사람보다 중요한 것은 없었다. 그렇기에 강진혁은 성하곤을 이해할 수 없었다.

“어이가 없군.”

“하지만 그 단점을 제외하면 성하곤은 거의 완벽에 가까운 우두머리입니다. 지금이야 현역에서 한 발 물러나 있지만 과거에는 암흑가에서 상대가 없을 정도였다 합니다.”

“무위는?”

“최소 초일류에서 최대 절정 초입으로 보고 있습니다.”

“제법 하는구만.”

뒷골목 출신이 절정지경에 올랐을지도 모른다는 말에 지금껏 잠자코 듣기만 하던 곽휴가 사뭇 놀란 표정을 지으며 말했다.

절정이란 경지는 말처럼 쉬운 경지가 아니었기 때문이다.

강호에 거론되는 절정고수가 많기에 흔한 경지로 생각될

지 모르나 그것은 모르고 하는 소리였다.

수백, 수천만 명의 무인 중 소수만이 오를 수 있는 게 절정 지경이었다. 즉, 수없이 많은 무인들이 있기에 상당수의 절정고수가 존재하는 것이었다.

만약 그들이 없었다면, 또는 재능있는 자들이 없었다면 절정고수는 탄생할 수 없었다.

"그러게 말입니다. 저도 오른 지 얼마 안 된 경지인데……."

"자랑질은 그만하거라."

"옙!"

은근슬쩍 절정지경에 오른 사실을 알리려던 금일강이 곽휴의 말에 입을 쏙 다물었다. 그의 말에 따르지 않을 경우 무영편이 날아올 가능성이 크기에 알아서 몸을 사리는 듯했다.

"치안은 어때?"

금일강과 곽휴를 일별한 강진혁이 위지명을 바라봤다.

"거대 조직인 동일파가 워낙에 저돌적으로 움직여서 그런지 치안은 오히려 좋습니다. 알아서 몸을 사리는 것처럼요."

"그럴 테지. 생각이란 게 있다면 머지않아 동일파와 서금파가 부딪친다는 사실쯤은 알고 있을 테니까."

강진혁은 고개를 끄덕였다. 가장 신경 쓰고 있는 부분인 치안이 나쁘지 않다고 하자 만족한 기색이었다. 하지만 그렇다고 안심하고 있을 생각은 없었다.

동일파가 날뛰는 이상, 서금파가 존재하는 이상 사람들의 불안감은 끝나지 않고 계속될 것이기 때문이다. 그러므로 최대한 빨리 이 혼란을 종식시켜야 했다.

"남홍파의 적기륭은 언제쯤 도착하지?"

"유시 초에 정예들을 이끌고 비밀리에 합류한다고 했습니다."

"좋아. 시간 늦지 않게 잘 말해두고. 아, 그리고 식사 준비도 철저하게 해줘. 힘을 쓰려면 잘 먹어야 하니."

"최대한 푸짐하고 영양가 있는 음식들로 준비 중입니다. 그러니 기대해 주세요."

똑 부러지는 자하의 말에 강진혁은 고개를 끄덕였다. 그러나 이내 그는 고개를 돌렸다. 왜냐하면 자신을 향한 자하의 눈빛이 상당히 부담스러워서였다.

자신에게 집중하는 것은 좋다. 그런데 그 도가 상당히 지나친 감이 없지 않아 있었다. 그래서 곤혹스러울 때가 한두 번이 아니었다.

"흠흠. 그럼 이것으로 조례를 마치지요."

"출발할 때 나도 함께하겠네."

"문주님께서 말씀이십니까?"

부담스러운 자하의 시선에 서둘러 아침 조례를 파하려 했던 강진혁이 눈을 동그랗게 뜨고서 곽휴를 바라봤다.

예상치 못한 말에 당황한 기색이었다.

"너무 가만히 있었더니 좀이 쑤셔서 말일세. 풍산장은 아이들에게 맡겨 놓을 테니 안전은 걱정하지 말게."

"안 된다고 해도 가시겠지요?"

"정말 안 되나?"

강진혁의 말에 곽휴가 싱긋 웃으며 반문했다. 그런데 그의 표정이 이상했다. 곽휴는 마치 강진혁이 어떤 대답을 할지 알고 있다는 듯한 표정을 짓고 있었다.

"안 된다고 말해도 가실 거잖습니까."

"허허허."

"그리고 딱히 제가 제재할 수 있는 것도 아니고요."

곽휴의 미소가 더욱 짙어졌다. 그러나 반대로 강진혁의 얼굴에선 한숨이 나왔다. 무영야왕인 곽휴가 함께한다면 당연히 그가 하려는 일은 수월해질 터였다. 하지만 문제가 하나 있었다.

그것은 곽휴가 어디로 튈지 모른다는 것이었다. 그렇기에 강진혁은 걱정이었다.

갑자기 사라져서 큰일을 저지르지는 않을까 싶어서. 그리고 그건 위지명도 마찬가지인 듯 표정이 썩 좋지 않았다.

"저도 따라 갈 수 있을까요?"

"넌 왜?"

곽휴가 같이 간다는 말에 자하가 조심스레 손을 들어 올리며 개미가 기어가듯 작은 목소리로 입을 열었다. 그러자 강진혁이 깊은 한숨을 내쉬며 물었다.

"그냥 함께 있고 싶어서요."

소주 기녀들의 대모인 야화여제 여송하의 하나뿐인 제자였지만 아직은 기적에 오르지 않아 평범한 소녀나 다름없는 자하가 눈을 반짝이며 강진혁을 바라봤다. 그러나 강진혁은 그녀의 열망이 담긴 눈빛에도 단호하게 고개를 저었다. 그러자 자하의 표정이 시무룩해졌다.

"왜 안 되는지에 대해서는 네가 더 잘 알고 있을 텐데."

"그, 왜, 복면이라는 것을 저도 착용하면 되지 않을까요?"

"그래도 안 돼. 정체를 감추는 것은 둘째치고라도 네가 따라오질 못할 거다."

어떻게든 따라가겠다는 듯이 말하는 자하의 눈을 똑바로 바라보며 강진혁이 다시 한 번 고개를 저었다. 암만 생각해 봐도 그녀를 굳이 데려갈 이유는 없었기 때문이다. 게다가 오늘 할 일은 전면전이라 할 수 있는 전쟁이었다. 그런 자리에 자하는 필요가 없었다.

수습은 전쟁이 끝난 후에 해도 늦지 않으니까. 더구나 남홍파의 뒤에 화운루가 있다는 사실은 최대한 감춰야할 비밀이었다. 그렇기에 강진혁은 절대 데려갈 수 없다는 듯한 표정을 지었다.

"회주의 말이 맞아. 그러니 총관은 뒤를 맡아주시게나."

"곽 문주님."

곽휴마저 강진혁을 두둔하듯 말하자 자하의 얼굴에 짙은 아쉬움이 떠올랐다. 평소에 자신의 편을 많이 들어주던 곽휴마저 저리 말하니 더 이상 고집 피워봤자 소용없을 듯했다.

"저도 같은 생각입니다, 자 소저. 피가 튀기고 난무하는 곳에 꽃은 어울리지 않습니다."

"흐음."

나름 자하를 위로한답시고 금일강이 말했는데 분위기가 이상해졌다. 자하를 제외한 모두의 시선이, 정확하게는 마뜩찮다는 시선이 그에게 집중되었던 것이다.

"확실히 여자를 많이 만나본 놈은 다르군."

"그, 그게 무슨 말씀이십니까!"

능글맞다 못해 느끼한 표정으로 자하에게 위로의 말을 건넸던 금일강이 곽휴의 말에 일순 당황한 표정을 지으며 소리를 질렀다. 하지만 곽휴는 그러한 금일강의 반응에 오히려 의미심장한 미소를 지으며 말을 이었다.

"이 자리에서 한번 읊어봐?"

"하하하! 제가 얼마 전에 아주 귀한 술을 하나 구했습니다. 저로서도 구하기가 쉽지 않은 명주이지요!"

"말 돌리는 솜씨 보세."

어떻게든 화제를 돌리기 위해 금일강이 갖은 애를 썼다. 그런 그의 눈동자에는 명주에 대한 아쉬움이 짙게 떠올라 있었다. 하지만 그러한 기색은 오래가지 않았다.

　명주가 아깝긴 했지만 지금은 화제를 돌리는 게 우선이었다. 때문에 금일강은 과하게 너스레를 떨며 어떻게든 곽휴가 더 이상 입을 열지 못하도록 최선을 다했다.

　"하하! 저와 같이 가서 한잔하시지요. 이따가 저녁에 몸을 써야 하니 긴장도 풀 겸해서 말이지요."

　"크흠!"

　곽휴는 억지로 자신을 잡아 일으키는 금일강의 손길을 못 이기는 척 받아들였다. 이윽고 곽휴는 강진혁을 향해 씨익 웃어 보이며 금일강과 함께 집무실을 나섰다.

　"확실히 연륜은 무시할 수 없는 것 같습니다."

　"그런 것 같네. 저 능구렁이가 꼼짝 못하고 당하는 걸 보면."

　"호호호."

　강진혁과 위지명의 말에 자하가 손으로 입을 가리고 조신하게 웃었다. 두 사람의 대화도 대화이지만 금일강과 곽휴가 보여준 모습이 한 편의 활극 같았기에 웃겼던 것이다.

　"오늘 밤에는 많이 바빠질 거야. 그러니 쉴 수 있을 때 푹 쉬어둬. 어쩌면 밤을 새고도 일이 안 끝날 수도 있으니."

　"밤은 많이 새어봐서 괜찮아요. 그리고 원체 튼튼하기도 하고요."

　자하가 걱정 말라는 듯이 강진혁을 향해 싱긋 웃어 보였다. 그러나 강진혁이 보기에는 튼튼이란 말보다는 연약이란 말이 먼저 떠올랐다. 하지만 이내 그녀의 신분을 떠올리고는 고개를 작게 주억거렸다.

다른 사람도 아닌 여걸, 여장부라 불리는 여송하의 제자이니만큼 적어도 그녀의 기질은 배웠을 거란 생각에서였다.

"부탁하마."

"맡겨주세요!"

자하의 얼굴에는 여전히 못내 아쉬운 기색이 남아 있었지만 더 이상 조르지는 않았다. 오히려 씩씩하게 대답했다. 맡은 바 일을 잘해보겠다는 듯이 말이다.

그 모습에 강진혁은 희미하게 웃어 보이고는 자리에서 일어났다. 저녁까지는 시간이 아직 많이 남아 있었기에 다른 일을 하기 위해서였다.

잠시 후 강진혁은 위지명과 자하를 대동하고서 집무실을 나섰다.

*　　　*　　　*

겨울의 해는 짧다. 이제 유시가 되어 가는데 해가 저물어갈 정도로 말이다.

강진혁은 서산에 걸려 뉘엿뉘엿 저물어가는 일몰을 말없이 바라보며 가만히 서 있었다.

"오는군."

뒷짐을 지고서 일몰을 바라보던 강진혁이 고개를 돌렸다. 그러자 그의 곁에서 묵묵히 서 있던 위지명과 자하의 시선 역시 풍산장의 대문으로 향했다. 이윽고 대문이 열리는 소리와 함께 하나같이 거친 야성미를 물씬 풍기는 백여 명의 사내가 장원 안으로 들어왔다.

그중 강진혁의 시선을 끄는 이는 당연 선두의 중년인이었다. 그는 마치 한 마리의 늑대를 연상케 할 정도로 강렬한 기세를 뿌리고 있었는데 약간 특이한 점이 있었다.

사납고 흉포해 보이는 분위기와는 달리 눈빛이 너무나 투명했던 것이다. 풍기는 분위기와는 어울리지 않게 말이다.

저벅저벅.

강진혁의 시선을 받으며 다가온 선두의 사내, 적기룡은 다섯 걸음 정도를 남겨두고서 멈춰 섰다. 그리고는 느닷없이 강진혁을 향해 한쪽 무릎을 굽혔다.

"적귀대주 적기룡, 회주님께 인사드립니다."

"이런 과한 인사는 부담스럽습니다. 일어나시죠."

"예."

적기룡은 마치 강진혁의 말을 기다렸다는 듯이 말이 끝나자마자 벌떡 일어났다. 그러면서 당당한 표정으로 강진혁을 직시했다. 그러나 그 모습이 건방져 보이지는 않았다.

"말한 대로 딱 100명을 데려왔군요."

"어떤 상황에서도 죽지 않을 녀석들로만 채웠습니다."

“그건 아닌 것 같습니다만.”

강진혁이 엷은 미소를 지으며 말했다. 그러나 적기륭은 언뜻 듣기에 기분이 상할 수 있는 말임에도 아무런 표정 변화도 일으키지 않았다. 그저 가만히 있기만 했다.

“인정할 수 없으십니까?”

“아닙니다. 회주님의 말씀이 맞을 거라 생각하기에 가만히 있었던 것뿐입니다.”

“왜 루주님께서 적 대주를 신임하는지 알 거 같습니다.”

강진혁이 방금 전과는 다른 미소를 지었다. 하지만 적기륭은 강진혁의 말뜻을 알 수 없었기에 어리둥절한 표정을 지었다.

머리를 쓰는 쪽보다는 아무래도 몸을 주로 사용하는 쪽이었기에 강진혁의 말이 쉬이 이해가 되지 않은 것이다. 하지만 강진혁은 알아듣지 못하는 적기륭에게 일일이 설명해 주지 않았다.

굳이 말해주지 않아도 될뿐더러 나중에 알게 될 것이기 때문이다.

“우선은 식사를 하면서 푹 쉬고 계십시오. 오늘 밤부터는 많이 움직여야 할 테니까요.”

“알겠습니다.”

“자하.”

“네. 모두 저를 따라오세요.”

　강진혁의 부름에 자하가 짧게 대답하고는 적기룡과 적귀대의 정예 대원들을 이끌고 식당으로 향했다.

　강진혁의 말마따나 오늘 하루는 매우 바쁠 것이 분명하기에 충분히 먹이고 쉴 수 있게 도와주기 위해서였다.

　"우리도 슬슬 준비를 해야지?"

　"복장은 그때 그 복장으로 준비해 놓았습니다."

　"곽 문주님 것은?"

　"따로 준비한다 하셨습니다."

　"설마 맨 얼굴로 나서진 않으시겠지? 아니, 날뛰진 않으시겠지?"

　강진혁이 깊은 한숨을 내쉬며 중얼거렸다. 그의 뇌리에 최악의 경우가 이상할 정도로 선명하게 떠올랐기 때문이었다. 한데 그것은 위지명도 마찬가지인 듯 안색이 일순 창백해졌다.

　"그렇게까지는 안 가지 않겠습니까? 은 대협도 아니신데."

　"부디 그랬으면 좋겠는데 묘하게 괴팍스러운 성격이 있어서. 그냥 일강이가 다 털렸으면 좋겠다."

　"확실히 고주망태가 되시면 주군이나 저로서는 이득입니다."

　강진혁과 위지명이 서로를 바라보며 똑같은 표정을 지었다. 그러더니 이내 피식 웃었다. 같은 생각을 하고 있다 생각하니 웃음이 절로 나왔던 것이다.

“그보다 자하는 어때?”

“여 루주님께서 말씀하신 대로 출중한 능력을 지니고 있습니다. 주군 앞에서는 여자인 척하지만 일을 할 때는 북풍한설이 돕니다. 조금의 실수도 용납하지 않는 철혈의 여인이 됩니다.”

“양면성이야 뭇 여자들이 다 갖고 있는 거니까.”

“그렇긴 합니다만.”

어찌 됐든 일은 잘한다는 말에 강진혁은 고개를 끄덕였다. 현재로서는 자하가 일을 잘해주면 그냐 위지명으로서는 편하고 좋았다. 때문에 강진혁은 더 이상 자하에 대해서 묻지 않았다. 그리고 그것은 곧 강진혁의 관심이 딱 거기까지라는 소리였다.

늦은 밤. 어느새 칠흑 같은 어둠이 사위를 뒤덮은 해시 말에 강진혁은 풍산장 대문 근처의 마당으로 나와 있었다. 그리고 그의 곁에는 위지명과 자하를 비롯한 적기륭과 적귀대가 도열하여 서 있었다.

“가자.”

검은색 암행복에 복면을 쓰고 머리까지 가린 강진혁이 몸을 돌리며 말했다. 그러자 그와 똑같은 복장을 한 위지명과 두 사람과는 달리 평상복을 입은 적기륭과 적귀대원들이 눈을 빛냈다.

"잠깐!"

그런데 그때 한줄기 목소리가 허공을 갈랐다. 바로 곽휴의 음성이었다.

쉬릭!

옷자락이 펄럭이는 소리와 함께 곽휴가 강진혁의 근처에 내려섰다. 그런데 그가 내려서기 무섭게 강진혁의 코로 짙은 주향이 파고들었다.

"너무 취하신 거 아닙니까?"

"무슨 소리. 이 정도는 거뜬하네."

"얼굴이 붉어지셨는데요."

곽휴 정도의 고수가 얼굴이 붉어질 정도면 술을 엄청나게 마셨다는 말과도 같았다. 한데 곽휴는 그런 강진혁의 말에도 괜찮다는 듯이 손을 저었다.

"얼굴만 붉어진 것이지 정신은 말짱하네. 그러니 걱정하지 말게나."

"그냥 쉬시는 게 어떠신지요."

"정말 괜찮다니까!"

곽휴의 음성이 조금 높아졌다. 그리고 얼굴도 좀 더 붉어졌다. 취기가 한층 더 올라온 듯한 모습이었다. 하나 곽휴는 정말 괜찮다는 듯이 눈에 힘을 주었다.

"그럼 주정이라도 배출하시지요."

"그럴 수는 없네. 진정한 주당은 한 방울의 주정이라도 몸에서 소화시켜야 하거든."

"……."

강진혁은 더 이상 입을 열지 않았다. 대신 무표정한 얼굴로 그를 지그시 바라보기만 했다. 그러자 곽휴의 얼굴이 시간이 갈수록 굳어지기 시작했다.

지금 강진혁이 하는 행동이, 무언의 압박이 무엇을 말하는 것인지 알았기 때문이다.

"알겠네. 배출하면 되지 않겠는가."

말없이 양자택일을 하라는 강진혁의 압박에 곽휴가 끝내 깊은 한숨을 내쉬었다. 그리고는 이내 주정을 오른손 검지 끝에 몰아 체외로 배출했다.

푸스스스.

곽휴의 코와 입에서 흘러나오던 술 냄새와는 비교도 안 되는 농밀한 냄새가 일순 주변을 가득 채웠다. 하지만 이내 불어온 바람으로 인해 안개처럼 흘러나왔던 주정은 곧 사방팔방으로 흩어졌다.

"가죠."

"예."

곽휴가 주정을 배출한 것을 확인한 강진혁은 몸을 돌리며 말했다. 그러자 적기룡이 짧게 대답하고는 그를 따라 움직였다.

이윽고 곽휴도 품속에서 낡은 복면 하나를 꺼내 얼굴을 대충 가리고는 황급히 강진혁의 뒤를 따랐다.

쿵쿵쿵쿵.

늦은 밤거리에 백여 명이 넘는 남자가, 그것도 하나같이 흉흉한 기세를 숨기지 않으며 걸어가자 저잣거리를 가득 채우고 있던 사람들이 저도 모르게 길을 비켜섰다.

분위기도 분위기지만 선두에 서 있는 적기룡의 얼굴을 확인하고는 다급히 몸을 피한 것이었다.

소주의 암흑가를 사등분, 아니, 삼등분 하고 있는 적기룡의 앞을 가로막을 정도로 담이 큰 사람은 적어도 이곳엔 없었다. 그래서 적기룡은 편하게 동일파의 본거지로 향했다.

"저, 적기룡이다!"

갑작스런 적기룡의 출현에 놀라는 것은 저잣거리의 사람들만이 아니었다. 동일파의 본거지라 할 수 있는 장원 앞에서 문을 지키던 조직원들 역시 경기를 일으키듯 깜짝 놀랐다.

세력다툼을 벌이기는 했어도 이렇게 한 조직의 우두머리가 직접 찾아온 적은 없었기 때문이다. 그래서 그런지 문지기라 할 수 있는 두 명의 청년은 눈만 깜빡일 뿐 적기룡의 방문 사실을 안에 알리지 못하고 있었다.

"죽여."

스슥!

적기룡은 그런 두 사람을 무표정한 얼굴로 잠시 바라보고는 짧게 명령을 내렸다. 그러자 그의 주위에 있던 두 명의 적

귀대원이 날랜 움직임으로 땅을 박차 순식간에 동일파 조직
원 두 명의 가슴에 단검을 꽂았다.

"컥!"

"케흑!"

그야말로 눈 깜짝할 사이에 두 명의 청년이 목숨을 잃었다.
그러나 명령을 내린 적기륭이나 직접 죽인 적귀대원이나 동
요하는 기색은 없었다.

애초에 동일파를 지워 버릴 생각으로 왔기에 흔들릴 이유
가 없었던 것이다.

"문을 열어라."

끼이익!

적기륭의 말이 끝나기 무섭게 널찍한 대문이 활짝 열리며
장원 내부의 모습이 훤히 드러났다. 그러나 아직 이 상황을
알지 못하는지 장원 내부는 고요했다. 하인으로 보이는 몇몇
사람이 움직이는 것 빼고는 적막했던 것이다.

스윽.

잠시 장원 내부를 훑어보던 적기륭이 발을 뗐다. 그에 적귀
대원들이 자연스럽게 그를 따르며 동일파의 본거지로 들어갔
다.

"혀, 혈귀도(血鬼刀)! 네가 어떻게?"

"알 거 없다."

동일파의 우두머리인 도규영이 있을 것으로 짐작되는 중

앙 전각을 향해 걸어가던 적기룡은 일단의 무리와 만났다. 그러나 적기룡은 적진 한가운데에서 적을 만났음에도 전혀 긴장한 기색을 보이지 않았다. 오히려 보무도 당당하게 걸어가 자신을 발견한 이들에게 손짓했다.

파파팟!

그와 동시에 다섯 개의 머리통이 허공을 날았다. 그의 손짓에 수하들이 나선 것이었다.

"역시 고르고 고른 놈들이라 그런지 실력들이 제법인데?"

"문주님. 말씀은 되도록 삼가주셨으면 합니다."

"음. 말하는 것도 안 되나?"

"저희는 언제까지나 비밀, 혹은 배후세력이어야만 합니다."

"그렇다면, 알겠네."

의외로 깔끔한 적귀대원의 솜씨에 저도 모르게 입을 열었던 곽휴가 살짝 못마땅한 눈빛을 뿌렸다. 그러나 그는 일단 고개를 끄덕였다. 어찌 됐든 그는 지금 객의 입장이었다. 그렇기에 되도록이면 위지명의 부탁을 들어줘야 했다.

거기다 오늘의 야행(夜行)은 그가 억지로 따라온 것이었다. 그러니 가급적 위지명의 말에 따르는 게 좋았다. 자칫 잘못하면 강진혁이 돌아가라 할 수도 있기 때문이다.

'그건 피해야지.'

강진혁이 무영야왕이자 일문의 존장으로 대우를 해준다고

는 하나, 그것도 엄연히 한계가 있었다. 도를 지나지면 강진혁이 직접 나설 게 분명했다. 그렇기에 곽휴는 은근슬쩍 강진혁을 바라봤다.

나이는 어렸지만 무위는 그보다 더한 괴물이 강진혁이었기에 자연스레 눈치를 살피는 것이었다.

"적이다!"

"남홍파가 쳐들어왔다!"

뎅뎅뎅뎅!

곽휴가 알게 모르게 강진혁의 눈치를 살피는 사이 동일파의 장원 곳곳에서 경종이 울려 퍼지기 시작했다. 뒤늦게 적기룡과 적귀대의 침입을 알아차리고서 사방에 알리는 것이었다. 하지만 적기룡은 끊임없이 울려 퍼지는 경종을 듣고도 조금의 미동도 하지 않았다. 왜냐하면 그는 지금 혼자 온 것이 아니었기 때문이다.

"준비해라. 지금부터가 진짜 시작일 테니."

"알겠습니다!"

적기룡의 말에 적귀대원 전부가 우렁차게 대답했다. 그러자 적기룡은 가슴이 든든해졌다. 하지만 그 든든함은 수하들 때문이 아니었다. 그들의 뒤에 있는 세 사람 때문이었다. 특히 괴물이라 불러도 모자람이 없는 두 사람 때문에 그는 동일파의 본거지 한복판에 서 있음에도 조금도 두렵지 않았다.

그 두 사람이라면, 아니, 한 사람만 나서도 동일파를 지워 버리는 것은 아주 손쉬운 일이었기 때문이다.

"혈귀도! 여기가 어디라고 감히 쳐들어온 것이냐!"

"이제야 본색을 드러내는군!"

우르르르!

경종이 울린 지 반각이 채 되지도 않았건만 적기룡의 주위로 백여 명이 넘는 장한이 모여들었다. 그런데 문제는 그게 아니었다. 시간이 갈수록 점점 많아진다는 게 문제였다.

어느새 모여든 인원이 이백 명을 훌쩍 넘었다. 그러자 그들이 뿌리는 살기로 인해 적귀대원들의 얼굴이 점차 딱딱하게 경직되어 갔다.

"그동안 왜 잠자코 있나 했더니 뒤통수를 칠 준비를 했던 모양이로군."

"그런데 뒤통수를 치려고 한 것치고는 숫자가 너무 적은데? 남홍파 전부를 데려와도 모자랄 판에 말이야."

점점 농밀해져 가는 살기로 인해 적기룡과 적귀대원들이 받는 압박감도 덩달아 상승해 갔다. 그러나 선두에 선 적기룡의 표정은 여전히 처음과 같았다.

이백 명이 넘는 적에게 포위가 된 상태임에도 말이다. 하지만 그 점을 발견해 낸 이는 아무도 없었다.

"도규영을 데려와라."

"훙. 두목님과 담판을 지을 생각인가?"

지금껏 말없이 서 있기만 하던 적기룡의 입이 열리자 여기

저기에서 별의별 말들이 다 쏟아져 나왔다. 대부분이 육두문자와 저열한 욕설들이었다. 그러나 적기룡은 그런 말들을 들었음에도 표정 하나 변하지 않았다. 그저 묵묵히 부두목이라 할 수 있는 소호랑을 주시했다.

"담판이라. 그런 셈이지."

"안됐지만 그것은 허락할 수 없다. 왜냐하면 굳이 두목님까지 나설 필요가 없거든."

"정말 그렇게 생각하나?"

"지금 이 상황이 보이지 않나, 혈귀도?"

소호랑이 비릿한 표정을 지으며 말했다. 그러면서 그는 손수 주변을 두리번거리기까지 했다. 자신을 따라 주변을 살펴보라는 뜻이었다. 하나 적기룡은 고개 한 번 까딱거리지 않았다. 그저 가만히 정면의 소호랑을 응시하기만 했다.

"잘 보인다. 그런데 아무리 생각해 봐도 부족해 보여."

"뭐라고?"

소호랑이 어처구니없다는 표정으로 적기룡을 바라봤다. 그뿐만 아니라 주위에서 피식피식거리는 비웃음 소리도 들려왔다.

적기룡의 말에 다들 어이가 없었던 것이다. 지금 모인 조직원들의 숫자만 해도 남홍파에 비해 무려 세 배나 많았다. 그런데 자신만만해하는 적기룡의 모습을 보니 어이가 없다 못해 어처구니가 없었다.

“못 들었나? 부족하다고 했다.”

“못 보던 사이에 돌았군. 그것도 제대로 병신이 되었어.”

“정말 그렇게 생각하나?”

무표정으로 일관하던 적기륭이 처음으로 웃음을 지었다. 그런데 그 웃음이 너무나 싸늘했다. 보는 순간 몸이 얼어버릴 정도로 한기가 가득 담겨 있었던 것이다. 하지만 그것은 잘못된 생각이었다.

적기륭의 미소는 단순히 차가운 게 아니었다. 살의를 가득 담고 있었다. 그것도 절정에 달한 무인의 살의가.

스윽.

적기륭의 미소에 소호랑이 굳어 있을 때 누군가가 움직였다. 인영은 온몸을 온통 검은색 옷으로 두르고 있었는데, 워낙에 완벽하게 위장을 하고 있어서 보이는 것은 두 눈이 전부였다.

‘잠깐. 두 눈밖에 안 보인다고?’

섬뜩한 눈빛을 발하며 순식간에 거리를 좁혀오는 흑의복면인의 모습에 소호랑이 두 눈을 부릅떴다. 흑의복면인을 본 순간 갑자기 하나의 소문이 뇌리를 관통했던 것이다. 하지만 그는 그것을 입 밖으로 꺼내지 못했다. 왜냐하면 어느새 다가온 흑의복면인의 비도가 그의 이마를 꿰뚫었기 때문이다.

퍽!

“끄륵!”

반응도 하지 못하고 소호랑이 단말마를 남기며 쓰러졌다. 그런 그의 이마에서는 붉은 핏줄기와 희멀건 뇌수가 섞여서 흘러나왔다.

"허, 헉!"

"부두목님이……."

꼼짝도 하지 못하고 시체가 되어버린 소호랑의 모습에 주변에 있던 동일파의 조직원들이 침음을 흘렸다. 갑자기 벌어진 상황에 당황한 기색이 역력했다.

"쳐라!"

갑작스런 소호랑의 죽음에 모두가 정신을 못 차리고 있을 때, 적기륭의 일갈이 장내를 갈랐다. 그리고 동시에 그의 뒤에서 때를 기다리고 있던 적귀대가 비호처럼 몸을 날리며 사방으로 흩어졌다.

쉬릭! 째애액!

적기륭의 명령이 떨어질 순간만 기다리던 적귀대원들은 번개같이 각자의 병기를 꺼내 들고서 동일파의 조직원들을 향해 휘둘렀다. 이윽고 사방에서 비명 소리와 파육음, 그리고 피가 땅을 적시는 소리가 들려왔다.

파파파파팟!

그중 가장 이목을 끄는 곳은 바로 위지명이 있는 곳이었다. 그는 양손을 벼락같이 휘두르며 사방에 비도를 뿌려대고 있었다. 그런데 놀라운 점은 단 하나도 빗맞은 게 없다는 사실이었다.

백발백중(百發百中). 일비일살(一飛一殺).

위지명은 단 한 번의 실수도 용납하지 않았다. 무자비하게 죽음의 비를 내렸다. 마치 소문처럼 회자되는 무영야왕 곽휴처럼.

"저 녀석도 물건은 물건이야. 아마 회주를 만나지 않았다면 살인귀가 되었을지도 몰라."

"그렇지는 않을 겁니다. 왜냐하면 절 만나지 못했으면 아직까지 살아 있지 못했을 테니까요."

"음? 그게 무슨 소린가?"

주위에서는 처절한 비명 소리와 파육음, 금속음이 끊임없이 터져 나왔다. 하지만 지금 이 자리, 강진혁과 곽휴가 있는 자리만큼은 그런 것들과 동 떨어져 있었다. 마치 다른 세계처럼.

"명이는 불과 반년 전까지만 해도 구양절맥을 앓고 있었습니다."

강진혁은 강기막으로 자신과 곽휴의 대화가 새어 나가는 것을 막았다. 지금 하는 대화를 동일파의 인물이 들어서 좋을 것은 없었기 때문이다.

"어쩐지 얻기 힘든 극양지기를 체내에 엄청나게 쌓고 있더라니. 아니, 잠깐. 그 말은 구양절맥을 치료했다는 말인가?"

대수롭지 않게 중얼거리던 곽휴가 일순 깜짝 놀랐다. 구양절맥을 앓고 있던 이가 살 수 있는 방법은 그가 알기로 단 한 가지뿐이었기 때문이다.

"예. 다행히 치료할 수 있었습니다."

"영약을 사용한 건가?"

"그건 아니고 내공으로 밀어버렸습니다."

강진혁은 관심이 가득한 눈빛의 곽휴에게 위지명을 치료했던 과정을 최대한 간략하게 요점만 설명해 주었다. 그러자 곽휴가 흥미로운 표정을 지으며 연신 고개를 끄덕였다.

영약이나 구음절맥, 혹은 태음지체의 여인 없이 치료를 했다고 하자 신기한 듯했다.

"역시 회주는 괴물이었어."

"그런 건 아닙니다. 저도 엄연히 인간입니다."

"앞에 한 글자를 더 붙여야지. 탈인간."

저번 비무에서 이겼다고 아예 괴물 취급을 하는 곽휴의 말에 강진혁은 어색하게 웃어 보였다. 더 말해봤자 달라질 것이 없어 보였기 때문이다. 그래서 강진혁은 아예 입을 다물고 주위를 살폈다.

다행히 곽휴와 대화하는 사이 전투가 끝났는지 더 이상의 충돌음은 들리지 않았다. 다만 확인사살로 인해 비명 소리만 간간이 이어졌다.

"한 명 정도는 살려놔. 이왕이면 고위급 인물로."

"알겠습니다."

척하면 척이라는 말처럼 위지명은 강진혁의 말을 단박에
알아차렸다. 혹시라도 도규영이 도망쳤을 경우 뒤쫓기 위해
서 살려두란 말임을 알아들었던 것이다.

“부상자는 몇 명입니까?”

위지명이 겨우 숨만 붙어 있는 삼십대 후반의 남자를 어깨
에 걸치는 모습을 보며 강진혁이 적기룡에게 물었다. 그러자
적기룡이 얼굴이 튄 핏물을 대충 닦아내며 입을 열었다.

“중상자는 없고, 경상자는 열두 명 정도입니다.”

“부상자는 저와 곽 문주님 뒤로 보내세요.”

“그리하겠습니다.”

부상자를 데리고 싸우는 것보다는 차라리 따로 격리시키
는 것이 훨씬 나았기에 적기룡은 수하들을 움직여 부상자들
을 강진혁과 곽휴의 뒤로 보냈다. 그리고 남은 시간에 수하들
을 정렬시켰다.

“가자!”

“예!”

무려 세 배나 되는 적들과의 전투에서 승리해서 그런지 적
귀대원들은 상당히 고무되어 있었다. 조금은 긴장했던 그들
이 승리로 인해 사기가 바짝 오른 것이었다.

그것을 알아차린 적기룡은 기세를 몰아 수하들을 움직였
다. 지금이야말로 가장 큰 힘을 발휘할 수 있는 적기란 걸 본
능적으로 알아차린 것이다.

타타탓!

적기룡은 수하들을 이끌고 동일파의 두목 도규영이 있을 것으로 짐작되는 그의 거처로 향했다.

혹시라도 이곳의 상황을 듣고 도망칠 수도 있기에 서두르는 것이었다.

툭.

골목을 지나 도규영의 거처에 도착한 적기룡은 발걸음을 멈췄다. 전각 앞에 서 있는 도규영을 발견해서였다.

"다행히 도망치지 않았군."

"흥! 내가 왜 집을 놔두고 도망친단 말이냐!"

"겁을 잔뜩 집어먹었으면 그럴 수도 있지."

"정말 많이 컸구나, 적기룡! 불과 오 년 전만 해도 내 앞에서 빌빌거렸던 녀석이!"

동일파의 두목 도규영은 늙은 사자를 연상케 할 정도로 기백이 대단했다. 나이는 육십 줄에 다다라 보였는데 눈빛에는 힘이 넘쳤다. 또한 나이답지 않게 온몸에는 아직도 근육이 건재했다. 아마 아직까지도 무공수련을 게을리 하지 않는 듯했다.

"그건 말 그대로 과거일 뿐이오, 도 두목."

"도 두목? 허!"

도규영이 기가 찬다는 듯이 헛웃음을 흘렸다. 그리고는 매섭다 못해 스산한 눈빛으로 적기룡을 노려봤다.

"지금이라도 물러가겠다면 봐주겠다. 그러니 이만 썩 꺼지
거라!"

"지금 상황 판단이 잘 안 되는 거 같은데, 협박을 해야 할
사람은 나요."

적기륭은 되레 큰 소리를 치는 도규영의 모습에 얼굴을 굳
히며 대답했다. 그런데 도규영의 반응이 이상했다. 지금 그의
주변에는 기껏해야 오륙십 명 정도의 수하밖에 없었다. 한데
그는 지나치게 여유로웠다. 마치 승자인 것처럼 말이다.

"글쎄. 내 생각은 조금 다른데 말이야."

도규영이 의미심장한 표정을 지었다. 그 모습에서 적기륭
이 무언가를 감지했다. 그가 무슨 수를 썼다는 것을 뒤늦게
알아차린 것이다. 그러나 그것을 알아차렸을 땐 이미 수하들
에게서 반응이 나온 후였다.

"으윽!"

"커헉! 수, 숨이……!"

"숨을 멈춰라!"

갑자기 목을 부여잡고서 쓰러지는 수하들의 모습에 적기
륭이 다급히 소리쳤다. 그러나 그가 소리를 쳤을 땐 이미 대
부분의 수하들이 중독된 후였다.

"이미 늦었어. 하독이 제대로 됐거든. 크하하하!"

하나같이 목을 부여잡고서 주저앉는 적귀대원들의 모습에
도규영이 파안대소를 터뜨렸다. 죄다 쓰러지는 모습을 보니

십년 묵은 체증이 내려가듯 시원해졌던 것이다. 또한 당혹스러워하는 적기륭의 표정을 보는 것도 재미가 쏠쏠했다.

"이런 젠장……."

수하들이 고통스러워하는 모습에 적기륭이 이를 악물었다. 설마하니 독을 사용할 줄은 몰랐기에 당황한 기색이 완연했다. 하지만 더 큰 문제는 수하들을 해독할 방법이 없다는 사실이었다.

"으음!"

딱딱하게 굳은 얼굴로 수하들을 살피던 적기륭의 안색이 일변했다. 그 역시 뒤늦게 중독된 반응이 오는 것이었다. 그러나 수하들처럼 토악질을 하지는 않았다. 무공이 고강하기에 어느 정도는 버티는 것이었다.

"슬슬 반응이 오는 모양이로군."

으드득!

비아냥거리는 도규영의 말에 적기륭이 이를 악물었다. 하지만 그것뿐 움직일 수는 없었다. 지금 혼신의 힘을 다해 독기를 억누르고 있기에 움직일 여력이 없는 것이었다.

스윽.

한데 그때 적기륭의 귓전으로 옷자락이 펄럭이는 소리가 들려왔다. 동시에 도규영의 당혹성도 함께 들렸다.

"큭! 누구냐!"

"그것은 알 거 없고, 해독약은 어디 있지?"

"죽여라!"

"공격해!"

느닷없이 다가와 도규영의 뒷목을 붙잡는 흑의복면인의 모습에 근처에 있던 동일파의 조직원들이 눈을 부릅뜨며 달려들었다. 그러나 그들보다 더 빨리 움직인 사람이 있었다.

파파파팟!

마치 빛살이 쪼개지는 것처럼 수십 개의 작은 비수가 허공을 가득 채웠다. 이윽고 도규영을 구하기 위해 달려들던 동일파의 조직원들이 피투성이가 되어 바닥에 쓰러졌다.

그들이 강진혁에게 달려드는 찰나에 위지명이 나서서 모두 쓰러뜨린 것이었다.

"으음!"

이십여 명의 동료가 순식간에 시체가 되어버리는 광경에 아직 발을 떼지 않았던 나머지 조직원들이 창백해진 얼굴로 침음을 흘렸다.

위지명에게서 흘러나오는 살기가 그들이 움직이지 못하도록 붙잡고 있었던 것이다.

"다시 한 번 묻겠다. 해독약은?"

"어, 없다!"

"정말인가?"

"어차피 죽일 놈들인데 해독약을 가지고 있을 필요가 없지 않나!"

“하긴.”

강진혁은 목숨이 경각에 달렸음에도 도리어 큰소리를 치는 도규영의 말에 수긍한다는 듯 고개를 끄덕였다. 그리고는 마치 나무에 매달린 사과를 따듯 도규영의 목을 꺾었다.

“컥!”

설마하니 이렇게 쉽게, 빨리 죽일 줄 몰랐던 도규영이 눈을 크게 부릅뜬 모습으로 절명했다.

툭.

“해독약의 위치를 아는 사람?”

일말의 고민도 없이 도규영을 죽인 강진혁이 그의 시신을 아무렇게나 내팽개치고서 주변을 둘러보며 물었다. 그러나 강진혁의 말에 대답하는 이는 아무도 없었다. 그에 강진혁이 결국 도규영의 거처를 뒤져 볼 생각으로 몸을 돌렸다. 한데 그때 곽휴가 그를 불러 세웠다.

“안까지 들어갈 거 없네. 이 정도 독쯤은 가볍게 해독할 수 있는 약이 내게 있으니까.”

피피픽!

한마디 말로 강진혁을 만류한 곽휴는 품속에서 작은 주머니를 꺼내더니 그 안에 있던 팥알 크기의 작은 환(丸)을 하나씩 손가락으로 튕겨 적귀대원들의 입안에 넣어주었다.

“큭!”

“음?”

갑작스레 입안에 들어온 이물질에 고통에 겨워하던 적귀
대원들이 화들짝 놀랐다. 하지만 곽휴는 설명 대신 짧게 명령
을 내렸다.

"꽉꽉 씹어먹어라. 해독제니."

우물우물!

곽휴의 말이 끝나기 무섭게 적귀대원들이 악착같이 입을
놀려 해독제를 씹어삼켰다. 그러자 놀랍게도 창백했던 적귀
대원들의 안색이 눈에 띄게 혈색을 찾아갔다.

"마지막으로 대주도 받게."

피잉!

우선 급한 적귀대원들부터 해독제를 날려주던 곽휴가 마
지막으로 적기륭에게 환을 보냈다. 이윽고 적기륭의 안색 역
시 본래의 혈색을 회복했다.

"감사합니다."

"비싼 거니까 나중에 돈으로 갚아."

"그러겠습니다."

생각지도 못한 도움에 적기륭이 곽휴를 향해 공손히 고개
를 숙였다. 뒤이어 적귀대원들도 허리를 숙여 감사한 마음을
전했다.

"인사는 그쯤해라. 아직 끝난 게 아니니까."

"예."

곽휴는 대수롭지 않다는 투로 말을 하고는 강진혁을 바라

봤다. 아까부터 계속 그가 자신을 주시하고 있었기 때문이다.

"다른 독도 해독 가능합니까?"

"물론이네. 절독이나 그 외 나름 대단하다고 알려진 독들을 제외하면 웬만한 독은 다 해독할 수 있네."

"지속 시간은 얼마나 됩니까?"

"내공 수위에 다르겠지만 대충 한 식경 정도라고 보면 될 걸세."

원하는 정보를 다 알게 된 강진혁은 고개를 끄덕인 후 적기륭을 바라봤다. 그러자 적기륭이 바짝 긴장한 얼굴로 그를 응시했다.

"대기조를 불러 이곳을 정리하도록 하세요. 그리고 부상자는 놔두고 가겠습니다. 시간을 최대한 활용해야 하니."

"알겠습니다."

강진혁의 지시에 적기륭이 빠르게 움직였다. 발 빠른 수하들을 시켜 멀리서 대기하고 있던 이들을 부르는 한편, 부상자들을 한 곳에다 모았다. 그러자 반각이 채 되기도 전에 모든 상황이 깔끔하게 정리되었다.

그것을 확인한 강진혁은 곧바로 동일파의 본거지를 나섰다. 다음 목적지는 서금파가 있는 서방대로였다.

*　　*　　*

햿불이 곳곳을 밝히고 있는 장원에 때 아닌 비명 소리가 울려 퍼졌다. 갑작스런 남홍파의 습격에 서금파의 조직원들이 내지르는 비명이었다.

"크아악!"

"케에엑!"

사정없이 몰아치는 적귀대원들의 모습은 말 그대로 한 마리의 야차 같았다. 일말의 동정도 없이 서금파의 조직원들을 도륙했던 것이다. 물론 서금파의 저항이 없는 것은 아니었다.

그들 역시 소주 암흑가의 한쪽 축을 차지하고 있는 자들답게 반격이 매서웠다. 특히 숫자가 엄청나게 많았다.

강자라고 할 수 있는 이들은 적었지만 대신에 무위는 조금 떨어지더라도 어느 정도 수준의 조직원들은 상당히 많았던 것이다. 하지만 그래 봤자 달라지는 것은 없었다.

위지명과 적기륭의 가세하자 팽팽하던 접전의 축은 한순간에 기울어졌다.

"끄악!"

"크헉!"

적기륭의 도가 번쩍일 때마다 하나 이상의 단말마가 터져 나왔다. 그리고 위지명의 손이 움직일 때마다 십여 명이 바닥에 고꾸라졌다.

"이, 이럴 수가……!"

그 모습에 서금파의 우두머리인 성하곤은 믿을 수 없다는 표정으로 눈을 부릅떴다. 또한 곁에 있던 고창기 역시 어금니를 악물었다.

지금까지의 전황만 보면 서금파의 패배가 확실시되어 보였기 때문이다.

"아무래도 남홍파가… 의문의 흑의복면인 두 명을 포섭한 거 같습니다."

"저 둘 말이냐?"

고창기의 말에 성하곤은 부들부들 떨리는 눈동자로 후미에서 꼼짝도 하지 않고 있는 강진혁과 곽휴를 가리켰다. 하지만 고창기는 고개를 저었다. 그가 보기에 북천파를 무너뜨린 것은 적기륭과 함께 눈부신 활약을 펼치는 흑의복면인과 그와 똑같은 복장을 하고 있는 자였다. 복면만 쓴 이는 아닌 듯싶었다. 왜냐하면 복장이 다르기도 하거니와 두 사람이 은연중에 흘리는 존재감에 비교하면 턱없이 미약한 기운만 흘리고 있었기 때문이다.

"저기 저자와 저자 같습니다."

"으음!"

고창기가 위지명과 강진혁을 차례대로 가리켰다. 하지만 성하곤은 무거운 침음만 흘릴 뿐 가타부타 입을 열지 않았다. 그저 참담한 얼굴로 쓰러지는 수하들의 모습만 바라봤다. 그러다가 돌연 손을 들어 올리며 소리쳤다.

"모두 물러나라!"

처처척!

평상시에 완벽하게 수하들을 장악하고 있었던 모양인지 그의 명령이 떨어지기 무섭게 서금파의 조직원들이 뒤로 물러났다. 그러나 패잔병처럼 등을 보이고 물러나진 않았다. 뒷걸음질 치면서 남홍파를 주시하며 거리를 벌렸다.

스윽.

그 모습에 적기륭이 도에 진득하니 묻어 있던 피를 털어내며 성하곤을 바라봤다.

"대화를 하고 싶네."

"이미 피를 본 상황에서 말인가?"

"가만히 있는데 쳐들어온 쪽은 그쪽이네."

수하들을 물린 성하곤이 최대한 담담한 표정을 유지하며 앞으로 나섰다. 그러자 적기륭도 적귀대원들을 물릴 수밖에 없었다. 이렇게 당당하게 나오니 비열하게 공격 명령을 내릴 수가 없었던 것이다.

물론 과거였다면 전혀 신경 쓰지 않고 공격 명령을 내렸을 터였다. 하지만 최소한의 도리를 중요시하는 강진혁 때문에 그는 그럴 수 없었다.

사실 지금 이렇게 된 것도 다 강진혁과 위지명, 곽휴 덕분이었지 그들이 아니었다면 남홍파는 십 년이 가도 동일파는 물론이고 서금파를 이처럼 몰아붙일 수 없었을 터였다. 그렇기에 적기륭은 어쩔 수 없이 성하곤을 마주 보고 섰다.

"하고 싶은 말이 뭐지?"

"평화협정을 맺고 싶네."

"거절한다."

"지금의 전황이 우세하다고 해서 끝난 건 아니네. 저기 보게. 자네의 수하들 역시 상당수 부상을 입었네. 그 말인즉 전력에 손실이 갔다는 이야기지. 그렇다면 지금 상황에서 가장 이로운 곳은 어디겠는가?"

성하곤은 적기룡이 불안감을 느낄 만한 요소를 건드렸다. 즉, 이 싸움이 불필요한, 서로에게 해가 되는 싸움임을 피력한 것이다. 그러나 그는 몰랐다.

지금 그가 말하고 있는 조직은 더 이상 소주에 없다는 사실을 말이다.

"동일파가 어부지리를 얻을지도 모른다고 말하는 건가?"

"바로 그거네!"

"아직 소식을 듣지 못했나 보군. 동일파는 더 이상 존재하지 않는다."

"……!"

적기룡의 나지막한 말에 성하곤이 일순 몸을 굳혔다. 영리하다 못해 영악한 그의 머리는 단박에 적기룡의 말뜻을 이해했던 것이다.

"그러므로 어부지리를 얻을 조직은 없다."

"자, 잠깐만! 서금파가 남홍파에 귀속되겠네!"

“불허한다.”

“정녕 끝까지 가보자는 것인가!”

일말의 고민도 없이 대답하는 적기룡의 모습에 성하곤이 이를 드러내며 버럭 소리쳤다. 이렇게 된 이상 양패구상을 하더라도 반드시 죽이겠다는 듯 성하곤은 혈안이 된 눈으로 살기를 줄기줄기 뿌렸다.

“끝까지 갈 필요는 없다. 이미 끝났으니까.”

“그게 무슨……?”

서릿발 같은 기세로 살기를 뿌리던 성하곤이 등 뒤에서 들려오는 차가운 음성에 해연히 놀라며 고개를 돌렸다. 그러자 흑의복면인에게 목이 붙잡혀 있는 고창기의 모습이 보였다. 더불어 모조리 쓰러져 있는 수하들의 모습도.

“대, 대형!”

성하곤의 시선에 고창기가 해쓱한 얼굴로 다급하게 입을 열었다. 그런 그의 눈동자에는 죽음에 대한 공포가 짙게 깔려 있었다. 하지만 성하곤은 그런 고창기를 보면서도 할 수 있는 게 아무것도 없었다.

지금 그에겐 고창기를 구해낼 방법이 전혀 없었던 것이다.

으드득.

더구나 위지명은 그에게 생각할 시간조차 주지 않았다. 성하곤이 고개를 돌린 순간 아주 짧게 시선을 교환할 시간만 주고서 곧바로 목을 꺾어버렸다. 마치 나뭇가지를 꺾어버리듯이.

“으음……!”

순식간에 목이 부러져 축 늘어지는 고창기의 모습에 성하곤이 신음을 흘렸다.

이번의 일로 그는 알 수 있었던 것이다. 적기륭이 자신을 살려둘 마음이 전혀 없다는 사실을. 모조리 죽일 것임을 말이다.

“포기한 모양이로군.”

고창기의 죽음을 보고서 삶을 포기했는지 살기를 흩어버리고 두 손을 늘어뜨리는 성하곤의 모습에 위지명이 싸늘한 눈빛을 뿌리며 입을 열었다.

“한 가지 묻고 싶은 게 있소.”

“말하라.”

“왜 남홍파인 것이오?”

성하곤은 죽을 때 죽더라도 이 궁금증은 풀고 죽겠다는 듯이 위지명을 직시하며 물었다. 그에 위지명이 피식 웃으며 대답했다.

“가장 나으니까.”

“어떤 부분이 말이오?”

“더 이상은 말할 이유가 없을 것 같군.”

피잉!

위지명이 소매에서 흘러나온 비수를 손에 쥐고서 번개같이 던졌다. 이윽고 성하곤의 이마에 한줄기 붉은 혈화(血花)

가 피며 허물어지듯 쓰러졌다.

서금파의 우두머리이자 소주 암흑가에서 검은 여우라 불렸던 성하곤이 죽은 것이었다. 그리고 이것으로 남홍파의 적기룡을 제외한 나머지 세 조직의 우두머리가 모두 죽었다.

"나머지는 적 대주에게 맡기겠습니다."

"최대한 빨리 정리하겠습니다."

"부탁드립니다."

성하곤의 죽음으로 전투는 끝이 났다. 더 이상 살아 있는 이는 없었던 것이다. 그렇기에 강진혁은 이쯤에서 물러나기로 했다.

수습하는 것은 적기룡이 전면에 나서서 남홍파가 나머지 구역을 흡수, 장악하는 게 여러 모로 좋았기 때문이다. 그래서 강진혁은 짧은 말을 남기고 위지명, 곽휴와 함께 물러났다.

第四十一章

호풍회(護風會)

풍산장에서 처음으로 연회가 열렸다. 남홍파가 소주 암흑가를 일통한 것을 축하하기 위한 연회였다. 하지만 풍산장은 대외적으로 남홍파와는 아무런 연관이 없는 장원이었기에 연회에 남홍파와 관련된 이는 단 한 명도 없었다.

적기룡을 비롯한 남홍파의 주축들은 그들의 본거지에서 따로 연회를 열었기 때문이다.

"모두 오셨네요."

연회장의 상석에 앉은 강진혁은 각자 한 자리씩을 차지하고 앉은 이들과 한 번씩 눈을 맞추며 입을 열었다.

"회주님께서 부르시는데 당연히 와야지요. 호호."

마지막으로 강진혁과 눈을 마주쳤던 여송하가 생글거리는 얼굴로 입을 열었다. 그러자 오늘은 그녀의 곁에서 시중을 들던 자하가 고개를 끄덕였다.

"그것보다는 여제의 영향력이 늘어나서 좋아하는 거 같은데."

"그런 점도 없지 않아 있지요, 문주님."

"후후후!"

당차게 바로 인정하는 여송하의 모습에 곽휴가 실소를 흘렸다. 살문주인 자신을 앞에 두고서도 당당한 모습을 보니 이상하게 웃음이 나왔던 것이다.

"한데 연회가 너무 소소한 것 아닙니까, 회주님?"

곽휴가 여송하와 눈빛을 주고받고 있을 때 금일강이 살짝 의문스러운 표정을 지으며 입을 열었다. 그가 생각하기에 강진혁의 위치와 신분을 생각하면 연회의 수준이 너무 소규모였기 때문이다.

물론 그 역시 남홍파와 되도록 거리를 둬야 한다는 사실 정도는 알았다. 대외적으로 풍산장은 그저 돈 많은 졸부가 소주에서 신선놀음을 하기 위해 구입한 것으로 알려져 있으니까.

하지만 그렇다 하더라도 규모가 너무 작았다. 강진혁의 위상을 생각하면 말이다. 그런데 주위의 반응이 이상했다.

금일강은 당연한 말을 했다고 생각했는데 곽휴나 여송하는 그렇지 않은 모양이었다. 또한 강진혁의 최측근이라 할 수 있는 위지명 역시 아무런 반응을 보이지 않았다.

"많이 부족해 보이나?"

"예. 회주님의 위치를 생각하면 응당 화려하고 품격 있어야 하지 않겠습니까?"

"네가 놀고 싶은 것은 아니고?"

"크흠! 그게 무슨 말씀이십니까?"

찔리는 게 있는 모양인지 금일강이 헛기침을 했다. 그러나 그는 자신의 얼굴이 붉어졌다는 사실을 알지 못한 듯했다.

"아까 전부터 시선이 자꾸 한쪽으로 가길래."

"유, 유언비어를 함부로 퍼뜨리시면 안 됩니다!"

"뭐, 유언비어인지 아닌지는 나중에 알게 되겠지."

얼굴이 순식간에 붉으락푸르락해지는 금일강의 모습에 강진혁은 피식 웃고는 여송하와 곽휴를 바라봤다.

"오늘 이 자리는 남홍파의 소주 일통을 축하하는 자리이기도 하고, 앞으로의 일정에 대해 논의하는 자리이기도 합니다. 하지만 그보다 먼저 할 일이 있습니다."

짝짝!

강진혁은 느닷없이 박수를 쳤다. 그러자 마치 대기하고 있었다는 듯이 하인들이 각자 큼지막한 지게를 하나씩 메고서 안으로 들어왔다. 한데 그들의 지게에 쌓여 있는 게 전부 다 책자였다. 크기와 두께가 각기 다른. 또한 낡은 것도 있고 만든 지 얼마 안 된 책들도 있었다.

그것을 하인들은 한쪽 바닥에 차곡차곡 내려놓기 시작했다. 눈대중으로 보건대 대략 이삼백 권 정도는 되는 듯했다.

"이번에 얻으신 무공서들인가요?"

"그렇습니다. 북천파와 동일파, 서금파의 재산을 정리하면서 발견한 무공서들입니다."

무공서에 관심이 많은지 여송하가 눈을 반짝이며 바닥에 쫙 깔려진 책자에 시선을 떼지 못했다. 그리고 그것은 곁에 있던 자하도 마찬가지였다.

반면에 금일강이나 곽휴는 시큰둥한 표정을 지었다. 마치 뒷골목 잡배들의 무공에는 관심이 없다는 걸 표정으로 말하는 듯했다.

"이걸 보여주신다 함은……."

여송하가 기대감 어린 눈빛으로 강진혁을 바라봤다. 그에 강진혁이 씨익 웃으며 자리에서 일어나 한쪽에 조금 떨어져 있는 몇 개의 무공서를 집어 들었다.

"필요한 게 있으면 가져가시라고 꺼내온 겁니다. 그리고 이건 여자들이 익히면 좋은 무공들입니다."

강진혁은 손에 들었던 세 권의 무공서를 여송하에게 건넸다. 그러자 그녀가 빠른 속도로 무공서를 훑어보기 시작했다.

그 모습에 강진혁은 그녀에게서 시선을 떼고 금일강과 곽휴를 바라봤다.

"문주님과 일강이도 한번 훑어보시죠."

“그럴 필요는 없을 것 같네.”

“저도 마찬가지입니다.”

두 사람은 자부심이 가득한 얼굴로 고개를 저었다. 이름 난 군소방파도 아니고 한낱 뒷골목 왈패들이 모아 놓은 무공에는 관심이 없다는 표정이었다.

“흐음. 일류무공서도 제법 있는데요.”

“되었네.”

“너는?”

두 번이나 거절하는 곽휴에게서 시선을 일별한 강진혁이 금일강을 바라봤다.

“저도 괜찮습니다. 일류무공서는 저희 집에도 많이 있습니다.”

“그럼 다 내가 가져도 된다는 말이군.”

두 사람의 계속된 사양에 강진혁은 씨익 웃었다. 이것으로 제법 쓸 만한 무공들을 아무런 제지 없이 모두 가질 수 있었기 때문이다. 그런데 그때 여송하가 입을 열었다.

“잠시만요! 몇 개 더 골라도 될까요?”

“음?”

향후 계획을 위해서는 상당히 많은 무공이 필요했기에 강진혁으로서는 무공서가 많으면 많을수록 좋았다. 그렇기에 저도 모르게 씨익 웃고 있던 강진혁이 여송하의 말에 고개를 돌렸다.

“안 될까요?”

“안 될 것이 있겠습니다. 이번에 가장 큰 역할을 한 게 남홍파와 화운루인데요. 당연히 되지요.”

“그럼 회주님께서 몇 개만 골라주세요.”

“제가요?”

“예!”

여송하는 강진혁의 안목만 믿겠다는 듯이 초롱초롱한 눈빛을 보내왔다. 그에 부담감을 느낀 듯 강진혁이 어색하게 웃으며 물었다.

“특별히 원하는 무공이 있으십니까?”

“내공심법 하나, 도법 하나, 그리고 보법 하나요.”

여송하가 기다렸다는 듯이 입을 열었다. 그러자 강진혁이 알았다는 듯 미약하게 고개를 끄덕이고는 거침없이 바닥에 놓여 있던 무공서 세 개를 허공섭물로 띄워 올렸다.

“안정적이면서 위력적인 일류무공들입니다.”

“역시 회주님이세요.”

강진혁이 건네주는 무공서를 받으며 여송하가 빙긋 웃었다. 자세히 말하지 않아도 마치 그녀의 속마음을 읽듯이 챙겨주는 강진혁의 마음 씀씀이가 고마워서였다.

“별말씀을.”

강진혁은 눈을 찡긋거리는 여송하에게 미소를 지어 보이고는 한쪽에서 조용히 술을 홀짝이고 있는 곽휴를 바라봤다.

“곽 문주님.”

“말하시게.”

“소주의 치안은 어떻습니까?”

남홍파가 소주의 암흑가를 일통한 후로 강진혁은 곽휴가 개인적으로 데리고 온 살문십영(殺門十影)으로 하여금 야밤에 순찰을 돌게 했다.

한밤중에 일어나는 크고 작은 범죄들을 미연에 방지하기 위해서였다. 그리고 그것은 의외로 큰 효과가 있었다.

보이지는 않지만 분명히 존재하는 암중인이 야행을 하며 범죄를 저지르려는 자들을 처리하자 알게 모르게 입소문이 퍼져 범죄율이 크게 줄어든 것이다.

“날이 갈수록 좋아지고 있네. 게다가 십영들도 좋은 일을 하고 있어 개인적으로 만족하는 눈치들이고 말일세.”

“그렇게 생각한다니 다행이네요.”

“사람을 죽이는 것보다는 도움을 주는 일이 훨씬 더 보람찬 일이지 않은가. 그래서 그런지 다들 피곤한 기색이 없네. 그만두겠다는 이도 없고.”

“필요한 것이 있으면 언제든지 말씀하세요. 지원할 수 있는 것들은 확실하게 지원해 드리겠습니다.”

현재로서는 인력이 부족하기에 어쩔 수 없이 살문십영의 도움을 받아야 했다. 때문에 강진혁은 할 수 있는 지원은 다 해주기로 마음먹었다. 그리고 시간이 날 때마다 교대를 해주기로 했다.

마지막으로 강진혁은 자하를 바라보며 헤벌쭉 웃고 있는 금일강에게 시선을 옮겼다.

"일강."

"예, 예!"

"북천파, 동일파, 서금파의 배후를 알아봐 달라는 건은 어떻게 됐어?"

"아, 그것이라면 조사가 끝났습니다."

강진혁의 부름에 퍼뜩 정신을 차린 금일강이 자세를 바로하며 품속에서 접지를 꺼내 탁자 위에 올려놓았다. 그런데 워낙에 마구잡이로 써놓아서 그런지 보아도 무슨 내용인지 읽을 수가 없었다.

"밀어인 건가?"

"그게 아니라 급하게 정리를 해서 그렇습니다."

자신이 보기에도 상당히 산만해 보이는 모양인지 금일강이 민망한 듯 얼굴을 붉히며 대답했다. 하나 그러한 기색은 금세 사라지고 곧 표정을 가다듬으며 강진혁이 물었던 것에 대해 보고하기 시작했다.

"회주님께서 짐작하신 대로 세 조직은 모두 매월 일정량의 금액을 어딘가로 보냈습니다. 그것도 상당한 금액을요."

"금액은 되었고, 어디지?"

"북천파는 원강문(元剛門), 동일파는 대호방(大虎房), 서금파는 일월각(日月閣)에 줄을 대었습니다.”

“세 곳 다 강소성에서는 어깨에 힘 좀 준다는 문파들이로군.”

강진혁이 의외라는 듯이 중얼거렸다. 그 정도로 금일강이 거론한 세 방파의 세력과 영향력은 상당히 컸다. 일개 흑도 무리와 연관을 지을 수 없을 정도로 말이다.

“저도 알아보고 놀랐습니다. 일월각을 제외한 원강문과 대호방은 표면적으로 정도를 표방하고 있거든요.”

“그런 거야 비일비재한 일이니 별로 놀랍지도 않아. 그보다 내가 궁금한 것은 그들의 반응이다.”

“남홍파가 워낙에 속전속결로 소주 암흑가를 일통해서 그런지 일단은 지켜보는 모양새입니다. 아마도 다른 방파를 염두에 두고 있는 듯합니다. 게다가 현재 강호정세가 불안한 것도 이유 중 하나이겠고요.”

현재 강호정세는 폭풍 전의 고요라는 말이 너무나 잘 어울리는 상황이었다. 만약 겨울이 아니었다면 지금쯤 강호는 혈난이 일어났어도 몇 번은 일어났을 것이다.

그 정도로 현재 패천궁과 천의맹은 사이가 좋지 않았다. 다만 겨울이기에, 전쟁을 벌이기에는 환경이 좋지 않기에 지금은 그저 서로를 가만히 지켜보고 있을 뿐이었다. 하지만 내부로는 결속을 다지며 전쟁을 준비하고 있었다.

“하지만 오래 지켜보지는 않겠지?”

“그럴 것이라 예상됩니다. 소주는 누구라도 탐을 낼 만한 곳이니까요.”

“흠. 경고를 한 번 해야겠군.”

소주에서 움직이는 돈은 그야말로 천문학적인 수준이었다. 그런데 그것을 알고도 가만히 지켜볼 리는 없었다. 때문에 강진혁은 머지않은 때에 세 방파를 방문하기로 마음먹었다. 그들이 움직이기 전에 먼저 상황을 끝내기로 마음먹은 것이다.

“직접 움직이실 생각이십니까?”

“글쎄.”

강진혁은 금일강의 물음에 일부러 두루뭉술하게 대답했다. 그러자 금일강이 얼굴을 찡그렸다. 속 시원하게 말해주지 않으니 답답한 모양이었다.

“너무하시네요. 그래도 이제는 심복이라 할 수 있는데.”

“흰소리는 그만하고, 세 방파나 계속 주시해.”

“예에.”

강진혁의 말에 대답을 하긴 했지만 아직도 말해주지 않은 게 섭섭한지 금일강이 입맛을 다셨다. 하지만 강진혁은 그의 그러한 행동에도 불구하고 씨익 웃기만 할 뿐 더 이상의 말을 하지는 않았다.

“먼저 처리해야 할 일을 끝냈으니, 이제는 진짜 연회를 시작해 보죠.”

“좋아요!”

“그 말을 기다렸네.”

강진혁이 술잔을 들고서 말을 하자 여송하와 곽휴가 열렬히 반응하며 소리쳤다. 뒤이어 뚱한 표정의 금일강과 여전히 무표정을 고수하는 위지명도 술잔을 들어 올렸다.

이른 아침 강진혁은 위지명과 금일강, 곽휴, 자하, 춘혜, 하선, 추려, 동설을 이끌고 풍산장에서 가장 가까운 곳에 위치해 있는 고아원을 찾았다. 그러자 올망졸망한 아이들이 환호성을 지르며 그들에게로 달려왔다.

“형들이다, 형!”

“예쁜 누나들도 왔다!”

“언니, 언니!”

강진혁 일행의 방문에 새벽부터 기다린 듯 제대로 씻지도 않은 아이들이 환하게 웃으며 안겨들었다.

강진혁은 그런 아이들을 하나하나 품에 따뜻하게 안아주었다. 그리고 지게에 무언가를 잔뜩 싣고 온 위지명과 금일강은 한쪽에 짐을 내려놓았다.

“어서 오세요.”

강진혁 일행의 방문으로 인해 금세 떠들썩해진 마당 사이로 고아원의 원주이자 큰엄마로 불리는 소미령이 모습을 드러냈다.

"오랜만에 뵙습니다. 잘 지내셨죠?"

"오랜만은요. 저번에 오시고 이레도 안 지났는데요."

"이레 만에 본 거면 충분히 오랜만에 본 것이지요."

강진혁의 말이 웃긴 모양인지 소미령이 실소를 흘렸다. 그러다가 한쪽에 놓인 지게를 발견하고는 눈을 동그랗게 떴다.

"설마 이번에도 가져오신 건가요?"

"예. 그동안 수입이 좀 있어서요."

"저번에도 많은 도움을 주셨는데……."

소미령은 강진혁이 무엇을 가지고 왔는지 짐작이 가는 듯 얼굴 가득 미안한 기색을 띠었다. 이렇게 받기만 해도 되나 싶었던 것이다.

"그래 봤자 원주님께서 하시는 일에 비하면 아무것도 아닙니다. 저희는 그저 이렇게 가끔씩 찾아와서 놀아주고, 도와주는 것밖에는 하지 못하니까요."

"그렇지 않아요!"

소미령은 강진혁의 말에 강렬히 부인했다. 왜냐하면 강진혁 일행이 하는 일은 단순히 도와주는 수준이 아니었기 때문이다.

그들의 진심이 담긴 애정과 관심은 도와주는 것 이상의 가치가 있었다. 그렇기에 그녀는 강진혁의 말에 동의할 수 없었다.

"처음 보네요. 원주님께서 이렇게 큰 소리를 내시는 건요."

"어머!"

순간 자신의 실수를 깨달은 듯 소미령이 눈을 깜빡거렸다. 그리고는 주변을 조심스레 살폈다. 그러자 이내 자신에게 집중된 아이들의 시선을 확인할 수 있었다.

"오늘 원주님이 많이 피곤하신가 보다. 그러니까 우리들은 저쪽에 가서 조용히 놀자."

"네!"

잠시 긴장했던 아이들은 자하의 말에 이내 활짝 웃고는 그녀를 따라 걸어가기 시작했다. 그리고 남자애들은 오늘따라 힘이 넘치는, 의욕이 넘치는 금일강과 함께 넓은 마당에서 뛰어놀기 시작했다. 갖가지 놀이를 하는 모양이었다.

"저희는 밀린 빨래와 청소를 할게요."

"부탁드립니다."

춘혜의 말에 강진혁은 알겠다는 듯이 고개를 끄덕였다. 그러자 이내 네 여인은 건물 안으로 사라졌다.

"저는 바깥 청소를 하겠습니다."

"수고해."

마지막으로 위지명이 어느새 빗자루를 챙겨 들고서 말하자 남은 사람은 강진혁과 곽휴뿐이었다. 하지만 둘 다 일을 찾지는 않았다.

두 사람에게는 일보다 더욱 중요한 일이 있었기 때문이다.

"할아부지~!"

"어이쿠! 넘어지려면 어떡하려고 이리 급하게 뛰어오누?"

평상시에는 얼음장처럼 차갑고 굳은 얼굴을 하고 있던 곽휴가 그답지 않게 부드러운 표정을 지으며 아장아장 걸어오는 여아를 포근히 감싸 안았다. 그러자 이제 네댓 살 정도 되어 보이는 여아가 싱그러운 웃음을 흘리며 곽휴의 목을 휘감았다.

"헤헤헤! 소향이는 이제 안 넘어져요!"

"그래?"

"네!"

곽휴의 품이 기분 좋은 모양인지 소향이라 밝힌 여아가 안긴 채로 발을 동동 흔들었다.

그 모습에 강진혁은 빙그레 미소 지었다. 처음에는 자신의 손에 묻은 피가 많다고 한사코 거절하던 그가 이제는 먼저 따라나서고, 그뿐만 아니라 저렇게 환하게 웃기까지 하니 마음이 흐뭇했던 것이다.

"요즘 들어 소향이의 웃음이 많아졌어요."

"마찬가지로 곽 노사님의 웃음도 많아졌습니다."

"호호호."

강진혁의 말이 재미있는 모양인지 소미령이 작게 미소 지었다. 이윽고 그녀는 강진혁을 건물 안으로 이끌었다. 그와 할 이야기가 있었던 것이다.

저벅저벅.

강진혁은 위지명과 금일강이 내려놓은 짐을 가볍게 양손에 쥐어 들고서는 앞장서서 걸어가는 소미령을 따라 건물 안으로 들어갔다.

"언제 봐도 놀랍네요."

"저와 같은 사람들에게는 쉬운 일입니다."

웬만한 장정도 버거워 보일 법한 짐을, 그것도 두 개를 거뜬히 드는 강진혁의 모습에 소미령은 좀처럼 적응이 되지 않는다는 표정을 지었다. 하지만 이내 이어진 강진혁의 말을 듣고는 고개를 끄덕였다.

그녀도 눈치가 있었기에 강진혁이 어떤 부류의 사람인지 어느 정도는 짐작하고 있었던 것이다.

"이쪽에 내려놓으세요."

"예."

원주실 겸 접견실로 사용하는 그녀의 방에 들어서자 소미령이 재빨리 짐을 놓을 장소를 알려주었다. 그에 강진혁이 조심스레 양손에 쥐고 있던 짐을 바닥에 내려놓았다.

"앉아 계세요. 저는 차를 준비할게요."

한눈에 봐도 무거워 보이는 짐을 직접 들고 왔음에도 땀 한 방울 흘리지 않는 강진혁의 모습에 소미령은 내심 놀라워하면서도 부지런히 발을 놀려 차를 데우고 찻잔을 챙겼다. 그리고 간단한 다과상도 차렸다. 나름 손님 접대를 위해 꼼꼼히 준비하는 모습이었다.

강진혁은 그러한 소미령의 모습을 자리에 앉아 가만히 지켜봤다.

"무인들이 내공으로 데우는 것보다는 시간이 좀 걸리지요?"

"그렇게 할 수 있는 사람은 솔직히 몇 없습니다. 하하."

"아, 그런가요?"

소미령이 민망한 표정을 지었다. 얼마 전 지인에게서 귀동냥으로 무림인들은 그런다고 들어서 으레 다 가능한 건 줄 알았는데 그게 아닌 듯싶었기 때문이다.

"예. 수준도 수준이지만 공력을 섬세하게 다룰 줄 알아야 하기 때문이지요. 그리고 차는 특별한 목적이 없는 한 지금처럼 불로 데우는 게 가장 좋습니다."

"아하."

강진혁의 상세한 설명에 소미령이 반드시 기억해 두겠다는 듯이 눈을 반짝였다. 그러는 사이 차가 다 데워졌는지 붉게 달아올랐던 주전자에서 새하얀 김이 올라오기 시작했다.

또르륵.

적당히 우러나온 차를 소미령은 강진혁의 찻잔에 정성스레 따라주었다. 지금 그녀가 강진혁의 선의에 보답할 수 있는 것은 이러한 사소한 것밖에는 없었으므로.

그래서 그런지 그녀가 따라준 차는 시장 어디에서도 흔히 구할 수 있는 차라고는 볼 수 없을 정도로 향미와 맛이 훌륭

했다.

"맛있네요."

"호호. 정성이 가득 담긴 차니까요."

차향을 음미한 후 가볍게 한 모금을 들이켜며 하는 말에 소미령이 싱긋 웃으며 대답했다. 그리곤 그녀 역시 강진혁과 마찬가지로 차를 한 모금 들이켰다.

"이번에 가져온 것은 솜옷을 비롯한 이불들입니다. 저번에 보니까 아이들의 이불이 다 헤진 것 같더라고요."

"언제나 하는 말이지만, 감사합니다. 강 장주님."

소미령은 자리에서 일어나 강진혁을 향해 정중히 허리를 숙였다. 이렇게까지 신경 써주는 강진혁의 마음이 고마워서였다. 그리고 더불어 강진혁이 아무것도 바라지 않는 게 그녀는 가장 고마웠다.

지금까지 그녀가 만나본 후원자 중에는 겉으로는 인자한 얼굴을 하고서 추악한 마음을 품고 있는 자들이 상당히 많았다.

금전적인 지원을 해주는 대가로 더러운 음심을 채우고자 하는 이들이 상당수 있었던 것이다.

한데 강진혁은 그렇지 않았다. 그저 순수한 의미로 아이들을 후원해 주기만 했다. 그것도 상당한 금액을 매달 지원해 주면서 말이다.

"과례는 비례라고 했습니다, 원주님."

“강 장주님은 정말 나이와는 어울리지 않는 것 같아요.”

“애늙은이 같다고요?”

“호호호!”

소미령은 대답 대신 웃음을 터뜨렸다. 그리고 그건 곧 긍정의 의미였다. 하지만 강진혁은 그녀의 그런 반응에도 불구하고 아무런 말도 하지 않았다. 왜냐하면 애늙은이 같다는 말은 이미 수도 없이 들어본 말이었기 때문이다.

“그런 말을 많이 듣기는 하죠. 인정도 하고요.”

“그러니까 더 애늙은이 같아요.”

“뭐, 어쩔 수 없죠.”

강진혁은 순순히 받아들이겠다는 듯이 대답하며 어깨를 으쓱했다. 그 모습에 그녀는 한 번 더 웃음을 터뜨렸다. 왜인지는 모르겠지만 강진혁과 있으면 마음이 편해지고 유쾌해졌다. 그리고 시름과 걱정이 조금은 가벼워지는 듯한 느낌이었다.

‘그것은 아마도 돈 때문이겠지.’

겉으로는 웃고 있었으나 속으로는 씁쓸한 마음이 가득했다. 지금의 심정이 다 강진혁의 지원 덕분이라는 사실을 그녀는 잘 알고 있었기 때문이다. 하지만 그녀는 이내 좋은 게 좋은 거라고 생각했다.

강진혁처럼 선한 후원자가 있다는 사실에 기뻐하자고 마음먹은 것이다. 걱정이야 떨어뜨리고 싶어도 떨어뜨릴 수 없는 것이었으니까. 차라리 그 시간에 긍정적인 생각을 하는 게 훨씬 이득이었다.

후르륵.

그러한 생각을 하고 있을 때 강진혁이 조용히 차를 한 모금 들이켰다. 그녀가 조용히 생각을 정리할 수 있도록 배려해 준 것이었다.

"이런, 죄송해요. 손님을 모셔놓고 딴 생각을 하다니."

"괜찮습니다. 그런데 다른 아이들이 안 보이는 것 같은데요."

소미령이 원주로 있는 고아원은 나라에서 관리하는 고아원이 아니었다. 사설 고아원이었기에 어느 정도 나이가 찬 아이들은 알아서 고아원을 떠나야 했다. 그래야 더 어린 아이들이 고아원에서 생활할 수 있었기 때문이다. 그래서 보통 열다섯 살 전후의 아이들은 일자리를 찾은 후 고아원을 떠났다.

자신보다 더 어린 아이들이 보살핌을 받을 수 있도록 스스로 자리를 비켜주는 것이다.

강진혁은 바로 그러한 아이들에 대해서 물었다.

"남자아이들의 경우 일자리를 찾으러 아침 일찍 나갔어요. 여자아이들도 대부분 그렇고요."

"흐음. 아직 어린 아이들이라 일자리를 구하기가 쉽지 않을 텐데요."

강진혁의 말에 소미령 역시 그게 가장 큰 걱정이라는 듯 깊은 한숨을 내쉬었다. 어떻게든 아이들에게 도움을 주고 싶은데 그럴 수가 없으니 애가 타고 답답한 모양이었다.

"더구나 겨울이라 일자리가 더욱 없는데도 막무가내예요. 아마 자신들이 얼른 나가야 아이들이 편해진다고 생각하는 듯해요."

"보통 철이 빨리 들게 마련이니까요."

강진혁은 아이들의 마음을 이해할 수 있다는 듯이 고개를 주억거렸다. 그 역시 고아 출신이었기에 아이들이 어떤 마음을 가지고 있는지 잘 알고 있었다. 그래서 걱정도 되었다.

좋은 쪽으로 철이 들면 다행이지만 나쁜 쪽으로 철이 들면 심각할 정도로 삐뚤어질 것이기 때문이다.

더구나 고아원 출신의 경우 나쁜 쪽에 발을 들일 가능성이 높았다. 보고 자란 게 있기도 하거니와 손쉽게 돈을 버는 방법이 있으니 힘들게 돈 벌 생각을 안 하는 것이다.

"후우. 걱정이에요. 강 장주님의 지원으로 여유가 있어 봄에 일자리를 구해도 되는데 말이에요."

"일자리라면 제가 해결해 드릴 수 있을 것도 같습니다."

"예?"

연거푸 한숨을 내쉬던 소미령이 번개같이 고개를 들었다. 그리고는 기대감 서린 눈동자로 강진혁을 바라봤다.

"가까운 시일 내에 다루를 하나 인수해서 장사를 하려 합니다. 그런데 믿고 쓸 만한 일손이 많이 모자랍니다."

“아!”

“하지만 그렇다고 대충 고용할 생각은 없습니다. 인성이 기본적으로 되고 책임감이 있는 아이들을 뽑을 생각입니다.”

“고맙습니다! 고맙습니다, 강 장주님!”

금전적인 지원뿐만 아니라 아이들의 일자리까지 마련해 주겠다는 강진혁의 말에 소미령은 마치 대례라도 올릴 것처럼 자리에서 벌떡 일어났다.

그 정도로 소미령은 지금 기뻤다. 마치 하늘에서 내려오는 구명줄이라도 잡은 것처럼 말이다.

“그러니 당분간은 기다리라고 하세요. 인수는 원단이 지난 다음에 본격적으로 실행할 계획이니까요.”

“알았어요.”

강진혁은 아직도 흥분을 가라앉히지 못하는 소미령을 어르고 달래는데 온 신경을 썼다. 그러면서 자연스레 화재를 돌렸다. 그녀가 흥분을 가라앉힐 수 있도록 관심을 다른 곳으로 돌린 것이다.

이윽고 강진혁은 그녀와 이런저런 이야기를 나누었다.

정오가 한참이나 지난 신시 중엽에 강진혁은 건물 하나뿐인 고아원을 나와 뒤뜰로 향했다. 그곳에서 하나의 기척이 느껴졌기 때문이다.

저벅저벅.

뒷마당에 마구잡이로 자란 잡초를 밟으며 강진혁은 그루터기에 앉아 멍하니 하늘을 바라보고 있는 한 명의 소년에게 다가갔다.

"무엇이 보여?"

"하늘이요."

"네가 보는 건 하늘이 아닐 텐데?"

스윽.

강진혁의 말이 의외서일까. 넋을 놓듯 멍하니 하늘만 올려다보던 열두어 살 정도의 소년이 고개를 돌려 강진혁을 바라봤다.

"그럼 뭘 보고 있는 거 같아요?"

"네 자신이 아닐까 싶다만."

"아저씨 시전에 돗자리 깔아도 되겠어요."

"후후후."

무표정하던 소년이 해연히 놀란 얼굴로 그리 말하자 강진혁은 피식 웃으며 옆에 앉았다. 그런데 소년은 강진혁의 갑작스런 접근이 별로 부담스럽지 않은지 제자리에 가만히 있었다.

"아저씨."

"왜?"

방금 전 자신과 마찬가지로 그루터기에 등을 기대고 하늘을 올려다보는 강진혁의 모습에 소년이 사뭇 심각한 표정을 지으며 말을 걸어왔다.

"아저씨는 부자죠?"

"글쎄. 내가 부자라기보다는, 부자인 사람을 알고 있다고 보는 게 맞겠지."

"큰엄마의 말에 의하면 후원하는 것은 실질적으로 아저씨라는데요?"

"그렇긴 하지."

강진혁은 순순히 고개를 끄덕였다. 엄밀히 따지면 소년의 말이 맞았기 때문이다. 그런데 하늘을 주시하고 있던 강진혁이 갑자기 고개를 돌렸다.

"넌 꿈이 뭐냐?"

"예?"

"그거 때문에 여기 올라와 있는 거 아니었어?"

"그걸 아저씨가 어떻게 알아요?"

소년이 눈을 동그랗게 뜨고서 강진혁을 바라봤다. 그런 소년의 표정에는 놀란 기색이 완연했다.

"척 보면 척이지. 나이도 슬슬 떠날 나이대가 다가오고 있고 말이지."

"아저씨 진짜 저랑 같이 돗자리 안 깔래요? 제가 보조할게요."

"그거 할 시간에 차라리 딴 일을 하는 게 훨씬 더 많이 번다, 이 자식아."

　강진혁은 초롱초롱한 눈으로 바라보는 소년의 머리에 꿀밤을 때리며 피식 웃었다. 그런데 그게 제법 아팠던 모양인지 소년이 얼굴을 찡그리며 두 손으로 머리를 팍팍 비볐다.

　"아파요!"

　"아프라고 때린 거야. 그보다 대답 안 할 거냐?"

　"흐음. 꿈이라……."

　"진지한 표정 짓지 마. 네 얼굴엔 안 어울려."

　심각한 표정을 하고 있던 소년이 한순간 얼굴을 일그러뜨렸다. 초를 치는 강진혁의 말에 기분이 확 상한 것이었다. 그래서 소년은 매서운 눈으로 강진혁을 노려봤다.

　"흠. 간지럽구만."

　하지만 소년의 매서운 눈빛에도 불구하고 강진혁은 손으로 등을 벅벅 긁으며 다시 하늘을 올려다봤다. 그에 소년이 졌다는 듯이 한숨을 푸욱 내쉬며 고개를 숙였다.

　"……아무에게도 말하지 마요."

　"남자는 입이 무거워야 남자지."

　"……전 포두가 되고 싶어요."

　"호오. 포두?"

　"안 웃어요?"

　마음속에 고이 간직하고 있던 꿈을 개미 목소리만 한 작은 목소리로 말했던 소년이 눈을 끔뻑거리며 반문했다. 그에 강진혁이 피식 웃었다.

"왜 웃어야 하는데?"

"포두는 너무 허황된 꿈이잖아요. 고아가 가지기에는."

"꿈을 가지고 있는 녀석이 벌써부터 안 된다고 스스로 단정 짓는 거냐?"

강진혁이 어이없다는 표정을 지으며 소년을 바라봤다. 그러자 소년이 시무룩한 얼굴로 고개를 끄덕였다.

"포졸은 몰라도 포두는 아무나 되는 게 아니잖아요."

"그런데 그걸 아는 녀석이 왜 노력은 안 하고 하늘을 보고 있어?"

"꿈은 꿈일 뿐 전 현실에서 살아가야 하니까요."

강진혁이 알기로 소년, 송추의 나이는 올해로 열두 살이었다. 이제 원단이 지나고 새해가 오면 곧 생일이기에 열세 살이 된다. 그렇다는 말은 고아원을 떠날 준비를 해야 한다는 말이었다.

"결국 돈 때문이냐?"

"그렇죠, 뭐."

"나이도 어린 게."

"여기선 별로 어리지 않거든요."

강진혁의 말에 송추가 퉁명스런 표정을 지으며 대답했다. 역시 조숙해 보여도 아이는 아이였다. 이런 말에 쉽게 흥분을 하는 것을 보면 말이다.

"그렇겠지. 하지만 내 나이에서는 꼬맹이다. 그것도 완전

꼬맹이."

"이익!"

놀리는 말에 송추가 결국 자리에서 벌떡 일어났다. 하지만 송추는 화를 낼 수가 없었다. 어느 순간 강진혁의 표정이 한 없이 진지해졌기 때문이다.

"포두가 되고 싶다고 했느냐?"

"……."

갑자기 달라진 분위기에 송추가 꿀 먹은 벙어리처럼 입을 다물었다. 그러나 강진혁은 그런 송추를 무거운 눈빛으로 바 라보기만 했다.

"꼭 포두가 되고 싶다면, 돈보다 네 꿈을 더 높은 가치에 둔 다면 풍산장을 찾아오너라."

"…그곳에 가면 포두가 될 수 있나요?"

"노력 여하에 따라선 얼마든지. 어쩌면 그 이상도 가능할 지 모르지."

담담한 강진혁의 대답에 송추의 눈이 빛나기 시작했다. 조 금 전까지만 해도 거의 죽어 있던 눈빛이 말이다.

"정말이죠?"

"빈말을 할 정도로 난 한가한 사람이 아니다."

스윽.

강진혁은 씨익 웃으며 대답한 후 자리에서 일어났다. 그리 고는 엉덩이에 묻은 흙먼지를 가볍게 털었다.

"꼭 찾아갈게요!"

"아아."

강진혁은 단순히 풍산장을 찾으라는 말만 했다. 그런데 송추는 그 말에서 무언가를 더 엿본 듯 등을 보이고 멀어져 가는 강진혁을 향해 크게 소리쳤다. 그에 강진혁이 손을 들어 두어 번 흔들고는 건물 안으로 들어갔다.

*   *   *

투둑. 툭.

화로에 담겨 있던 숯이 새빨간 불꽃을 토해내며 꿈틀거렸다. 그러자 후끈한 열기가 방 안을 가득 채웠다.

"그러니까 표국을 인수하자?"

"예. 아무래도 약선곡에서 받아오는 약차를 원활하게 운반하기 위해선 표국을 직접 운영하는 게 이득입니다."

"일을 너무 크게 벌이는 것은 아닐까?"

이른 아침부터 위지명과 함께 회의를 하던 강진혁이 우려 섞인 눈빛으로 그를 바라봤다. 그러나 위지명은 괜찮다는 듯이 고개를 저었다.

"그렇지 않습니다. 제대로 된 표국을 인수한다면 충분히 이득이 남습니다. 인수하고자 하는 표국이 큰 규모의 표국은 아니니까요."

　"문제는 그만한, 딱 당주가 원하는 규모의 표국이 매물로 나와 있을까?"

　얼마 전에 강진혁은 직속 정보 조직의 명칭을 정했다. 그리고 그곳의 당주로 위지명을 임명했다. 처음부터 끝까지 다 위지명이 일군 조직이었으므로 당연히 그에게 맡긴 것이었다. 그래서 얼마 전부터 위지명의 정식 직책은 비풍당주(秘風堂主)가 되었다.

　"안 그래도 근방을 위주로 찾아보았습니다. 그랬더니 두어 개 정도를 찾을 수 있었습니다."

　"두 개씩이나?"

　"예. 비풍당의 역할이 컸습니다."

　짧은 사이에 두 군데나 찾았다고 하자 강진혁이 놀란 표정을 지었다. 말로나 쉽지 입맛에 딱 맞는 표국을 찾는 일은 쉬운 일이 아니었기 때문이다. 그런데 위지명과 비풍당은 그 일을 해냈다. 그게 강진혁은 놀라웠다.

　"자리를 잡았다고 하더니, 확실히 정보력이 달라졌군."

　"하나 화운루에 비하면 아직 많이 부족합니다."

　"화운루와 비교를 하면 안 되지. 비풍당과는 십 년이 넘는 세월의 차이가 있는데."

　강진혁은 비교할 대상이 아니라는 투로 말을 했지만 위지명은 그렇게 생각하지 않는 듯했다. 마치 반드시 뛰어넘고야 말겠다는 표정을 지었다.

"되도록 짧은 시간에 뛰어넘도록 하겠습니다."

"……열심히 해봐."

의욕이 마구 넘치는 위지명의 모습에 강진혁은 고개를 작게 주억거린 후 다음 안건으로 넘어갔다.

"아이들이 많이 늘었던데?"

"지금까지 총 열두 명이 도착했습니다."

"기초 체력부터 기르고 있지?"

"그렇습니다."

여기저기서 데려온 아이들이 어느덧 열두 명이 되었다는 말에 강진혁은 든든한 표정을 지었다. 지금은 비록 어리디어린 아이들이었지만, 향후 십 년 정도가 지나면 호풍회를 세상에 떨쳐 울릴 것이었다. 또한 강진혁의 의지를 이어 보이지 않는 손들이 될 터였다.

"그분에 대한 것은?"

"현재 산동성에 있다는 사실을 확인했습니다."

"아직 정확한 위치는 알아내지 못한 모양이로군."

"예. 워낙에 흔적이 없어서 찾는데 애를 먹고 있습니다."

위지명이 송구스러운 표정을 지었다. 강진혁이 찾아달라고 부탁을 한 지 벌써 두 달이 다 되어갔기 때문이다. 그래서 위지명은 고개를 들지 못했다.

"최대한 서둘러 줘. 아이들이 본격적인 수련에 들어가기 전에 반드시 모셔와야 하니까."

“최선을 다하겠습니다.”

“좋아. 그럼 다른 안건은?”

“오늘은 여기까지입니다.”

강진혁의 표정이 환해졌다. 끝났다고 하자 정말 살 것 같았던 것이다. 그러한 강진혁의 모습에 위지명이 엷은 미소를 지었다.

“그럼 이제부턴 나도 개인 시간을 가져 보도록 할까.”

“수련을 하실 생각이십니까?”

“그동안 일 때문에 소홀한 감이 없지 않아 있었으니 시간이 있을 때 신경 써야지.”

강진혁은 씨익 웃으며 자리에서 일어났다. 그리고는 곧바로 장주실 뒤쪽에 마련되어 있는 개인 연무실로 들어갔다. 그에 위지명은 잠시 그를 지켜보고는 몸을 돌려 집무실을 나섰다.

第四十二章
방문자(訪問者)

　새벽에 일어나 가볍게 소주의 거리를 한 바퀴 돌고 온 강진
혁은 자연스럽게 풍산장의 담을 넘어 자신의 처소로 향했다.
그런데 그의 발걸음이 어느 순간 멈췄다. 왜냐하면 적막이 내
려앉은 풍산장의 한쪽에서 힘찬 기합성이 들려왔기 때문이었
다.

　스르륵.

　그 소리를 우연히 듣게 된 강진혁은 기합성이 들려오는 곳
을 향해 발걸음을 틀었다. 이윽고 강진혁은 풍산장의 서쪽에
자리 잡은 삼층 전각의 지붕에 소리없이 내려섰다.

　"으윽! 죽을 거 같아……."

“너, 너만 그런 게 아냐…….”

넓은 마당에는 십여 명의 아이가 있었는데, 하나같이 바닥에 널브러져 있었다. 아마도 막 체력 훈련을 끝낸 듯싶었다. 하지만 지친 아이들의 모습에도 위지명은 눈 하나 깜빡이지 않았다. 오히려 더욱 가혹하게 몰아붙였다.

“휴식 시간 끝! 모두 자리에서 일어나라!”

“예엣!”

“네에……!”

칼같이 시간을 지키는 위지명의 음성에 여기저기 널브러져 있던 아이들이 하나둘 몸을 일으켰다. 그런데 상당히 지친 듯 하나같이 몸을 비틀거렸다.

“고작 이 정도에 지친 것이냐?”

“아닙니다!”

“그렇지 않습니다!”

“그럼 퍼뜩퍼뜩 일어나라!”

“예!”

위지명의 날카로운 고함에 정신이 번쩍 드는지 느릿하게 일어나던 아이들이 황급히 제자리에 섰다. 그리고는 이내 위지명이 나눠주는 목검을 들고서 중단세의 자세를 취하기 시작했다.

“이른 아침부터 혹독하게 가르치네.”

강진혁은 잔뜩 긴장한 얼굴로 목검을 들고 있는 아이들의 모습에 안쓰러운 표정을 지었다. 위지명의 훈련이 얼마나 엄격한지 그는 누구보다 잘 알았기 때문이다. 하지만 그렇다고 말릴 생각은 없었다.

지금은 비록 힘들지라도 나중을 위해선 꼭 필요한 과정이었다. 때문에 강진혁은 가슴이 아파도 가만히 지켜볼 수밖에 없었다.

"그나저나 잘들 지내고 있으려나 모르겠네."

열댓 살 정도로 보이는 아이들이 아등바등 수련하는 모습을 보니 강진혁은 문득 고향 친구들이 떠올랐다.

자신이 힘든데도 친구를 위해주는 아이들의 모습은 절로 고향에 있는 친구들을 그리게 했다. 더구나 소주에서 무석까지는 이틀거리밖에 되지 않았다. 그렇다 보니 강진혁은 지금 이 순간 찾아가 볼까 하는 마음이 들었다.

"아서라."

하지만 강진혁은 이내 고개를 저었다. 지금 찾아가면 반갑고 기쁘기는 하겠지만 자신에게나 친구들에게나 하등 도움이 되지 않았다. 아니, 어쩌면 그의 방문으로 인해 친구들의 평범한 생활이 무너질 수도 있었다. 왜냐하면 지금의 강진혁은 막 하산했을 때의 강진혁과는 위치가 천양지차로 달라졌기 때문이다. 그렇기에 강진혁은 가고 싶은 마음을 꾹 눌렀다.

"나중에, 나중에 일이 어느 정도 마무리되면 그때 찾아가자."

강진혁은 씁쓸한 표정으로 아이들에게서 시선을 돌렸다.
그리고는 원래 가려고 했던 자신의 처소로 발걸음을 돌렸다.

잠시 후 강진혁은 한기가 도는 자신의 처소에 들어섰다.

똑똑똑.

그런데 그때 갑자기 문을 두드리는 소리가 들려왔다. 마치
강진혁이 도착했다는 사실을 알고 있는 것처럼 말이다. 그에
장포를 벗던 강진혁이 눈을 살짝 크게 뜨고서 문 쪽을 바라봤
다.

"자하입니다. 들어가도 될까요?"

"아아, 들어와."

자하의 목소리에 강진혁은 벗어놓은 장포를 의자에 대충
걸치고서는 몸을 돌렸다. 그러자 이른 아침임에도 불구하고
깔끔한 모습의 자하가 눈에 들어왔다.

"화로를 가져왔어요."

"내가 지금 온 건 어떻게 알았어?"

"그냥 보이던데요."

"그래?"

막 불을 붙여놓았는지 활활 잘 타오르는 숯이 가득한 화로
를 방 안에 가져다 놓으며 자하가 싱긋 웃었다.

"저는 씻으실 물을 가져올게요."

"아아, 그건 나중에 부탁해야 할 거 같은데."

"예?"

좋은 일이라도 있는지 아침부터 웃는 얼굴이던 자하가 일순 얼굴을 굳혔다. 왜냐하면 강진혁의 기세가 갑자기 달라졌기 때문이다. 게다가 그는 의자에 걸쳐 놓았던 장포를 다시 집어 들었다.

툭.

"느꼈는가?"

강진혁과 자하 둘밖에 없는 방 안에 곽휴가 모습을 드러냈다. 그런데 그의 얼굴이 심각할 정도로 딱딱하게 굳어 있었다.

"모르는 게 더 이상하지 않겠습니까."

"하긴. 이만한 살기를 뿌려대는데 모를 수가 없겠지."

"그게 무슨 말씀이세요?"

느닷없이 나타나 강진혁과 대화를 주고받는 곽휴의 모습에 자하가 의문이 서린 표정으로 물었다. 그녀는 두 사람이 무슨 대화를 하는 것인지 도통 알 수가 없었다.

"간단하게 말해, 좋지 않은 의도로 찾아온 손님이 있다."

"적인가요?"

"그럴 가능성이 크겠지. 회주를 보아하니 누구인지 짐작이 가는 듯한데. 아닌가?"

마지막 말은 강진혁에게 향한 것이었다. 그에 강진혁이 고개를 끄덕였다.

"아무래도 봉마성이 찾아온 듯합니다."

"제갈세가에서의 일 때문인가."

"그럴 가능성이 큽니다."

강진혁은 곽휴의 말에 대답한 후 장포를 몸에 걸쳤다. 그리고는 이내 빠른 걸음으로 처소를 나서 정문으로 향했다.

"주군!"

"회주님!"

정문으로 향하는 도중에 강진혁은 위지명, 금일강과 마주쳤다. 두 사람도 곽휴와 마찬가지로 엄청난 살기를 느낀 모양인지 얼굴이 경직되어 있었다.

"부산 떨지 말고 가만히 있어. 그냥 손님이 온 것뿐이니까."

"그냥 손님이라기에는 살기가 어마어마한데요?"

금일강은 풍산장을 묵직하게 내리누르는 살기에 닭살이 돋은 듯 소매를 걷어 팔뚝을 보여주면서 말했다. 그러나 의외로 긴장한 기색은 보이지 않았다.

대충 느껴지는 기세만 해도 가공할 지경인데 말이다.

"손님이 조금 대단한 사람이거든."

"구마성입니까?"

"당주도 아는 사람이야."

위지명이 눈을 빛냈다. 강진혁의 대답에서 예상 인물을 상당히 압축할 수 있었던 것이다.

"권마성 아니면 봉마성이겠군요."

강진혁의 대답에서 예상 인물을 상당 부분 압축할 수 있었
던 위지명이 두 명을 거론했다. 그런데 그 말에 금일강이 화
들짝 놀랐다.

권마성과 봉마성이라 하면 제갈세가를 반파시킨 것으로
유명한 마두들이었기 때문이다.

"정확히는 봉마성이야."

말을 마친 강진혁은 정문을 활짝 열었다. 그러자 그의 말대
로 봉마성 요귀숭이 무거운 얼굴로 서 있는 게 모두의 눈에
들어왔다.

"오랜만이군."

"그러게."

문이 열린 순간부터 요귀숭은 오로지 강진혁만 바라봤다.
그의 곁에는 위지명을 비롯하여 곽휴와 금일강이 있었음에도
불구하고 말이다.

"너에게 다시 도전하기 위해 찾아왔다."

요귀숭의 눈빛에 날이 섰다. 그러자 한층 더 무거워진 기세
가 사방을 짓눌렀다. 하나 강진혁은 요귀숭의 살벌한 기세에
도 불구하고 입가에 미소를 띠었다.

그 모습이 마치 그의 기세에 전혀 영향을 받지 않는 듯했
다.

"달라질 거라 생각하나?"

"재수없는 말투는 여전하군."

"그쪽 역시 자기중심적인 성격은 여전하네. 예고도 없이 찾아오는 것도 똑같고."

강진혁이 과거에 제갈세가를 기습했던 것에 빗대어 말하자 요귀승이 피식 웃었다. 그러나 틀린 말은 아니었기에 딱히 반박은 하지 않았다. 다만 강렬한 안광을 뿌리며 강진혁을 노려보기만 했다.

"따라와라."

"내가 따라가야 하나?"

"그럼 네가 안내하든지."

"그러지."

의외로 순순히 따라오겠다는 요귀승의 말에 강진혁이 눈을 빛냈다. 혹시나 패천궁에서 따로 보낸 전력이 있나 확인해 보기 위해 살짝 떠본 것이었는데 다행히 그런 것 같지는 않았기 때문이다.

"갔다 오마."

"조심하십시오."

"그 말은 저쪽에게나 해."

요귀승을 마주한 상태에서 고개만 살짝 돌리며 말을 하는 강진혁에게 위지명이 살짝 굳은 얼굴로 입을 열었다. 그러나 강진혁은 위지명의 걱정에 피식 웃으며 대답하고는 땅을 박찼다.

이윽고 강진혁의 신형이 가볍게 떠오르며 인근의 야산으

로 날아가듯 움직였다. 그리고 그 뒤로 목봉을 어깨에 걸친 요귀숭이 몸을 날렸다.

"구마성이 천하십대고수와 비견된다는 말이 허황된 소리가 아니었군."

말없이 서 있기만 하던 곽휴가 어느새 쥐고 있던 주먹을 펴며 중얼거렸다. 그러자 곁에 있던 금일강이 같은 생각이라는 듯 고개를 끄덕였다.

요귀숭이 흘리는 기세를 정면도 아니고 곁에서 간접적으로 받았음에도 불구하고 손가락 하나 꼼짝할 수 없었기 때문이다.

"이유없는 소문이 날 리는 없으니까요."

"그나저나 정말 괜찮으려나? 지금 보니까 독기가 바짝 올라 있던데."

"제가 보기에도 그랬습니다."

"걱정할 것 없습니다. 아무리 독기가 바짝 올라도 안 되는 건 안 되는 거니까요."

위지명은 곽휴와 금일강의 말에 확고하게 대답했다. 강진혁이 괜찮다면 그것은 진짜 괜찮은 것이었다. 게다가 강진혁은 천의맹주, 패천궁주와 어깨를 나란히 하는 존재였다. 그런 강진혁이 고작해야 구마성의 일인에게 패배할 리는 없었다.

"그나저나 우리도 움직여야겠는데."

"예? 그게 무슨 말씀이세요?"

무덤덤한 얼굴로 서 있었던 곽휴가 심상치 않은 눈빛을 뿌리며 말하자 금일강이 눈빛을 깜빡거리며 물었다.

"우리한테도 손님이 온 모양이야."

스스스슥!

곽휴의 말이 끝나기 무섭게 풍산장의 대문 앞으로 흑색의 피풍의를 입은 정체불명의 복면인들이 모습을 드러냈다. 그런데 그들이 흘리는 마기가 상당히 농밀했다.

갈무리된 듯하면서도 미세하게 흘러나오는 마기가 상당히 강렬했던 것이다. 그저 마주보는 것만으로도 머리카락이 쭈뼛쭈뼛해질 정도로.

"패천궁에서 왔느냐."

복면인들을 향해 위지명이 나지막하게 말했다. 그러나 복면인들은 대답하지 않았다. 그저 마기로 번들거리는 눈빛을 한 차례 빛내기만 했다.

"괜한 질문이라 이건가."

"살수무공을 익혔군."

대답이 없는 복면인들을 주시하던 위지명이 옆을 바라봤다. 그러자 곽휴는 어느 정도 파악을 끝냈는지 확신하듯 말했다.

"패천궁에서 살수무공을 익힌 무력 부대라면 아마 흑의귀살대(黑衣鬼殺隊)일 겁니다."

"칠대(七隊) 중 한 곳이라 말이지."

　금일강의 말에 곽휴가 눈을 빛냈다. 흑의귀살대에 흥미가 돋은 모양이었다. 하지만 호기심 서린 눈빛의 곽휴와는 달리 금일강은 사뭇 긴장한 모습을 보였다. 왜냐하면 모습을 드러낸 흑의귀살대의 숫자가 상당히 많았기 때문이다.

　거의 백 명에 육박하는 숫자에 금일강은 얼굴을 굳혔다. 아무리 천하십대고수 중 한 사람인 곽휴가 있고, 살문의 최정예라 할 수 있는 살문십영과 후기지수 중 최고라 할 수 있는 위지명이 있다고 하나 흑의귀살대의 숫자가 너무 많았다. 선뜻 승리를 장담할 수 없을 정도로 말이다.

　'오늘은 다칠 각오를 해야겠군.'

　아무리 봐도 조용히 지나가지 않을 것 같은 기세에 금일강은 내력을 천천히 끌어올렸다. 그러면서 조용히 안에 있을 수행원들을 호출했다.

　잠시 후 그의 전음을 들은 두 명의 수행원이 딱딱하게 굳은 얼굴로 모습을 드러냈다.

　"서로 준비를 다 마친 듯하니, 시작하자고."

　스스슷!

　금일강의 수행원이 도착한 것을 확인한 곽휴가 싱긋 웃으며 무음무형살법(無音無形殺法)을 펼쳤다. 그러자 그의 신형이 훤하게 밝은 아침임에도 불구하고 감쪽같이 사라졌다. 가까이에서 지켜보고 있음에도 말이다. 하지만 흑의귀살대는 동요하지 않았다. 그저 의외라는 눈빛을 하며 천천히 은신술을 펼치기 시작했다. 그들은 곽휴가 있다는 사실은 알았어도 무영야왕이 있다는 사실을 몰랐기에 크게 신경 쓰지 않은 것이었다.

"소주에서의 첫 전투가 패천궁의 흑의귀살대라. 이걸 좋아해야 하는 건지, 슬퍼해야 하는 건지."

"당연히 좋아해야지요. 쉽게 상대할 수 없는 자들이니."

"하지만 자칫 잘못하면 죽는다고."

"무인으로 살겠다고 하지 않으셨습니까. 그렇다면 당연히 언제든지 죽음을 받아들일 각오는 하고 있어야죠."

곽휴와는 다르게 천천히 사라지는 흑의귀살대의 모습을 주시하며 금일강과 위지명이 대화를 주고받았다. 그러나 준비만큼은 철저하게 했다.

흑의귀살대가 움직이는 것과 동시에 단전의 공력을 모조리 끌어올렸던 것이다.

"넌 참 말을 쉽게 하는 거 같아."

"그래야 알아들으시니까요."

"뭐야?"

까앙!

금일강이 버럭 화를 내며 검을 휘둘렀다. 그런데 놀랍게도 빈 허공에서 금속음이 터져 나오며 흑의귀살대원 한 명이 모습을 드러냈다.

"느립니다."

푹!

반면에 위지명의 도는 흑의귀살대원의 팔을 베어냈다. 은 신술을 펼친 흑의귀살대원의 위치를 위지명은 정확하게 파악했던 것이다.

"너무 뭐라 하지 마라. 아직 난 미숙하니까."

"알고 계시니 다행이네요."

"어째 회주님 말투를 닮아간다, 너?"

까가가강!

금일강의 검이 허공을 연이어 베었다. 그러자 동시다발적으로 금속음이 터져 나왔다. 그의 검이 닿는 곳에 흑의귀살대가 은신해 있었던 것이다. 하지만 금속음은 얼마 가지 않아 쓰러지는 소리에 묻혔.

곽휴가 본격적으로 움직이자 곳곳에 은신해 있던 흑의귀살대가 순식간에 목숨을 잃어갔던 것이다. 그러나 상황이 계속 좋게만 흘러가지는 않았다.

시간이 흐를수록 수적 차이가 명백하게 드러났던 것이다.

"큭!"

"흐읍!"

연쇄적으로 이어지는 시간차 공격에 위지명과 금일강의 몸에 상처가 늘어갔다. 또한 금일강을 보필하기 위해 함께 왔던 수행원들 역시 시간이 지날수록 피투성이가 되어갔다.

휘이익! 툭.

아침의 안개를 가르며 인근의 야산에 오른 강진혁은 적당히 넓어 보이는 공터에 내려섰다. 그러자 그의 오 장 뒤로 요귀승도 착지했다.

"이곳이냐? 네가 정한 무덤이?"

요귀승은 몸을 돌리는 강진혁을 바라보며 비릿하게 웃었다. 그런 그의 눈빛에는 살기가 번들거리고 있었다. 또한 반드시 제갈세가에서 있었던 패배를 설욕하겠다는 의지도 엿보였다.

"글쎄. 그렇게 생각해 본 적은 없는데."

"생각없이 묻혀지는 것도 나쁘진 않아. 어차피 죽으면 아무것도 느끼지 못하니까."

"많이 성급해졌군. 제갈세가에서 봤을 때에는 그래도 권마성보다 차분하다고 느꼈는데 말이야."

"너 때문이다."

요귀승이 형형한 안광을 뿌렸다. 동시에 맹렬한 마기가 그의 전신에서 흘러나왔다. 이 자리에 선 것과 동시에 그는 전력을 모조리 끌어올린 것이었다. 반드시 강진혁을 죽이고야 말겠다는 듯이 말이다.

"패배를 인정할 수 없었던 모양이로군."

"당연히. 그때의 패배는 기습으로 이루어진 것이었으니까."

"기습이 아니었다면 달라졌을 것이다?"

"당연하다!"

쿠르르릉!

그의 포효와도 같은 대답에 사방의 대기가 뒤흔들렸다. 그가 뿌리는 마기에 영향을 받는 것이었다. 하지만 그것은 오로지 요귀숭의 주변뿐이었다.

강진혁의 주위에는 아무런 영향을 끼치지 못했다.

"그렇다면 이번에 확인해 보면 되겠군. 자신이 어느 정도의 위치에 있는지 말이야."

"그 시건방진 입을 오늘은 반드시 찢어버리고 말겠다!"

파아앗!

요귀숭의 안광이 번뜩인 것과 동시에 한줄기 묵광(墨光)이 전광석화처럼 강진혁에게 쇄도했다. 바로 요귀숭의 목봉이 허공을 꿰뚫으며 다가오는 것이었다.

스슥!

그 공격에 강진혁이 고개를 살짝 옆으로 꺾었다. 그러자 목봉이 파고들면서 일으킨 바람이 강진혁의 머리카락을 크게 흔들었다. 하지만 상처는 생기지 않았다.

강진혁이 정확하게 그의 공격을 피해냈기 때문이었다.

"속도가 조금 빨라졌군."

"흥!"

강진혁이 품평하듯 말했다. 그러자 요귀숭이 코웃음을 치며 다시금 목봉을 휘둘렀다. 한데 이번에는 피하기가 쉽지 않았다.

속도도 속도지만 목봉에 서린 힘이 가공할 지경이라 가볍게 피해낼 수준이 아니었던 것이다.

타앗!

그에 강진혁은 땅을 박차며 요귀숭의 공격 범위에서 벗어났다. 속도라면 그 역시 자신이 있었기에 몸을 뺀 것이었다. 이윽고 그가 있던 자리로 선명한 강기가 살벌한 파공음을 일으키며 지나갔다.

"설욕하겠다는 말이 빈말은 아닌 모양이야. 몸의 균형이 상당히 좋아졌어."

"피하기만 하는 놈이 말이 많구나!"

"칭찬한 건데 까칠하기는."

"닥쳐라!"

도무지 진지함이 안 보이는 강진혁의 모습에 요귀숭이 얼굴을 일그러뜨리며 목봉을 크게 횡으로 휘둘렀다. 그러자 부챗살 같은 강기가 뿜어져 나가며 그의 전방을 모조리 베어 넘겼다.

"웃차!"

하지만 그러한 공격도 강진혁에게는 소용이 없었다. 미꾸라지처럼 요리조리 빠져나가는 통에 도무지 맞추질 못했던 것이다.

"네놈은 그동안 보신경만 익힌 모양이구나!"

츠츠츠츳!

요귀숭이 일갈과 함께 목봉에 마기를 한껏 주입했다. 그러자 그의 목봉에서 시커먼 봉강이 치솟으며 총 아홉 개로 분화하기 시작했다.

"저번에 봤던 그것이로군."

"구류천강봉법(九流天剛棒法)이다."

파파파팡!

순식간에 치솟은 아홉 개의 봉강은 강진혁을 정확히 노리고서 쏟아져 내렸다. 사선으로 두들기듯 떨어져 내리는 봉강에는 무지막지한 힘이 서려 있었다. 더구나 강진혁이 회피할 공간을 아예 주지 않았기에 더욱 위력적이었다.

"흐음!"

강진혁이 침음을 흘렸다. 그 정도로 지금 요귀숭이 펼치는 공격은 제갈세가에서 봤었던 것보다 배는 위력적이었다. 하지만 강진혁은 감탄은 하되 긴장을 하지는 않았다.

스르륵.

대신 섬전처럼 쏟아져 내리는 봉강들을 향해 좌수를 들어 올렸다. 그러자 그의 손바닥을 중심으로 서늘한 바람이 모여들기 시작했다.

"소용없다! 한 번 당한 수법에 또 다시 당할 줄 아느냐!"

"보통은 그렇지. 하지만 당할 수밖에 없는 수법이라면 말이 다르지."

후우우웅!

강진혁의 장심으로 모여든 바람이 막강한 풍압을 일으키며 요귀숭의 봉강을 밀어냈다. 받아친 게 아니라 밀어낸 것이다.

그 모습에 요귀숭이 눈을 부릅떴다. 파괴하지 못하는 것이 없는 봉강이 밀려나는 광경에 놀란 것이었다. 하지만 아직 놀라긴 일렀다.

우우우웅!

강진혁의 손아귀에서 모인 바람은 요귀숭의 구류봉강(九流棒罡)을 밀어낸 것에서 그치지 않았다.

부드럽게 요귀숭의 봉강들을 밀어낸 후 한 곳에 뭉치기 시작했다. 그러더니 일순 하나의 구슬로 화해 요귀숭을 향해 쏜 살같이 날아갔다.

터엉!

느닷없이 쇄도한 공격에 요귀숭이 화들짝 놀라며 목봉을 움직여 바람 구슬을 막았다. 그런데 압축된 힘이 상당히 강력했던 모양인지 그의 발이 땅바닥에 깊은 고랑을 만들어냈다.

"의외이긴 하나, 위력적이진 않군."

"당연히. 그냥 실험 삼아 날려본 거니까."

"뭐라고?"

"그냥 한번 만들어본 거다. 심심해서."

빠직.

강진혁의 한마디에 요귀숭의 얼굴이 악귀처럼 변했다. 심심해서라는 한마디가 그의 자존심을 무참하게 짓밟았던 것이다.

"……죽여 버리겠다."

"그러려고 찾아온 거 아니었나? 새삼스럽게 말하기는."

"차하합!"

흥분한 요귀숭이 무시무시한 살기를 폭사시키며 강진혁에게 쇄도했다. 그러자 그의 주위로 아홉 개에 달하는 봉강이 섬뜩한 파공음을 일으키며 떨어져 내렸다.

쾅! 콰앙! 쾅!

연거푸 떨어져 내리는 봉강에 강진혁은 두 발을 바쁘게 놀렸다. 그 덕에 강진혁은 살벌한 요귀숭의 공격을 모두 피해낼 수 있었다.

"흥분하는 건 좋지 않아, 봉마성."

"크아악!"

위급한 상황인데도 전혀 긴장감이 서리지 않은 강진혁의 음성에, 마치 조언을 해주는 듯한 그의 음성에 요귀숭이 고함을 질렀다. 그러자 그의 봉강이 일순 거대해지며 강진혁을 찍어 눌렀다.

"이크!"

콰앙!

도강의 참격 못지않은 위력을 발산하는 봉강에 강진혁이
장난스럽게 추임새를 넣었다. 그에 요귀숭이 시뻘게진 얼굴
로 더욱 빠르고 강하게 목봉을 휘둘렀다.

부우웅! 부웅!

묵직한 파공성이 쉴 새 없이 울려 퍼지며 공터를 가득 채웠
다. 하지만 정작 강진혁의 몸에 직접적으로 닿는 것은 없었
다.

"언제까지 피해만 다닐 생각이냐!"

"지칠 때까지?"

"이익!"

시종일관 장난스럽기 짝이 없는 강진혁의 대응에 요귀숭
이 결국 폭발했다. 어느 정도 제어하던 마기를 모두 놓아버리
며 공간 자체를 때리기 시작했던 것이다.

뻐엉! 뻥!

봉극이 때리는 공간이 떵떵 울리며 무지막지한 폭발이 연
쇄적으로 일어났다. 강진혁을 제대로 맞출 수 없다면 아예 그
가 있는 공간 자체를 소멸시킬 생각인 듯싶었다.

"위력은 강해졌는데, 대신 정교함이 사라졌군."

귀신같은 움직임으로 요귀숭의 공세에서 몸을 빼낸 강진
혁이 팔짱을 끼고서 중얼거렸다. 그러나 요귀숭은 그가 등 뒤
에 있다는 사실조차 모르는 듯 미친 듯이 봉강을 쏟아붓기만
했다.

"그나저나 그 녀석은 무슨 생각으로 요귀숭을 보낸 거지? 분명 봉마성 하나로는 안 될 거란 사실을 누구보다 잘 알고 있을 텐데."

강진혁은 미간을 좁히며 중얼거렸다. 윤무강의 생각이 무엇인지 도무지 짐작이 가질 않아서였다.

직접적으로 손속을 나눠보았기에 그가 모를 리는 없었다. 한데 윤무강은 봉마성을 보냈다. 그것도 누군가를 함께 보낸 것도 아니고 혼자 말이다.

그 점이 강진혁은 의문스러웠다.

"버리는 패인가? 아니면 따로 꿍꿍이속이 있는 건가."

여러 가지 추측이 그의 뇌리에 떠올랐다. 하지만 딱히 확신이 드는 것은 없었다. 그저 가능성만 있었다. 그렇기에 강진혁은 머리가 아파왔다.

"그것도 아니면 아예 신경을 안 쓰는 건가?"

순간 강진혁은 왠지 모르게 이거일 것 같다는 생각이 강하게 들었다. 윤무강의 성격을 생각하면 이게 가장 맞을 것 같았던 것이다.

"그 녀석 성격상 봉마성이 죽었다고 해도 신경 쓰지 않을 게 분명하지."

강진혁이 본 윤무강의 성격은 천상천하 유아독존이었다. 그런 그이니만큼 구마성 중 하나의 별이 져도 크게 신경 쓰지 않을 터였다. 그냥 그러려니 하고 넘어갈 가능성이 컸다.

"쥐새끼같이 빠져나갔구나!"

"아, 이제 알았어? 그래도 제법 빨리 찾았네."

쿠아아앙!

아홉 개의 봉강이 일순 하나로 합쳐졌다. 그리고 그대로 강진혁의 머리 위로 떨어져 내렸다. 그야말로 태산조차 뭉개 버릴 것 같은 일격이었다.

꽈아아앙!

그것을 증명하려는 듯 요귀숭의 거대한 봉강은 강진혁이 서 있던 자리에 거대한 구덩이를 만들었다. 지름 칠 장에 깊이 일 장이 넘는 거대한 구덩이를 말이다.

휘리릭.

하지만 이번에도 역시나 강진혁은 그의 공격에 맞지 않았다. 벼락같이 떨어져 내리는 요귀숭의 공격을 비스듬히 흘려내며 폭발력에 자연스레 몸을 맡겨 피해냈던 것이다.

"허억허억!"

내공 소모가 큰 초식을 연달아 펼쳐서 그런지 요귀숭이 숨을 몰아쉬었다. 그뿐만 아니라 표정 역시 지친 기색이 완연했다. 반면에 강진혁의 표정은 처음과 그다지 달라지지 않았다.

"그러길래 흥분하지 말라니까."

"큭큭!"

강진혁의 말에 요귀숭이 웃었다. 그러나 그의 웃음에서 후회하는 기색은 보이지 않았다. 왜냐하면 그는 강진혁의 격장

지계에 넘어간 것이 아니었기 때문이다.

처음부터 끝까지 그는 자신의 판단하에 움직였다. 흥분한 것도 그가 선택한 것이었으며 지금 이렇게 지칠 것 역시 예상하고 있었다. 그렇기에 그는 내공의 소모가 크고, 체력적으로 지쳤음에도 당황하지 않았다.

지금의 상황은 그가 예상했던 상황들 중 하나였으므로.

"후으읍!"

요귀숭은 숨을 크게 몰아쉬었다. 그러자 가빴던 호흡이 조금은 가라앉았다. 그리고 핏발이 섰던 눈동자 역시 평소의 상태로 되돌아갔다.

"이젠 내가 가지."

요귀숭이 호흡을 가다듬을 때까지 가만히 있던 강진혁이 움직였다. 처음으로 그를 향해 달려든 것이다.

그에 요귀숭이 다시 한 번 형형한 눈빛을 뿌리며 봉을 찔러 넣었다. 그러자 섬전과도 같은 찌르기가 강진혁의 이마를 노리고서 쇄도했다.

터엉!

강진혁은 벼락같은 일격을 손등으로 흘러냈다. 동시에 땅을 박차며 순식간에 요귀숭과의 간격을 좁혔다.

파파파팟!

그러나 요귀숭도 가만히 있지는 않았다. 튕겨져 나간 목봉을 창졸간에 회수하고는 다시금 찌르기를 펼쳤다. 그야말로 순식간에 이루어지는 공수였다.

터터터텅!

쉴 새 없이 찔러 들어오는 요귀숭의 봉극에 강진혁은 양손에 수강을 가득 일으키고는 난풍쇄혼수를 펼쳤다. 그러자 허공에서 연신 폭발음이 터져 나왔다.

콰앙! 콰아앙!

공격과 회피가 아닌, 공격 대 공격이 이루어지자 굉음이 연거푸 터졌다. 그리고 동시에 대기가 쩌렁쩌렁하게 울렸다.

두 사람의 정면대결로 인해 충격파가 쉼없이 이어졌던 것이다.

스슷!

폭발과 굉음이 난무하는 사이로 강진혁이 모습을 드러냈다. 그는 폭발을 뚫고 온 흔적을 여실히 보여주며 오른손으로 주먹을 쥐었다. 그러자 그의 주먹에서 연푸른빛의 강기가 넘실거렸다.

"소용없다!"

강진혁의 풍룡번천권 역시 지난번의 대결에서 수도 없이 겪어봤던 무공이었다. 그렇기에 요귀숭은 눈을 빛내며 내력을 가일층 끌어올렸다. 그리고는 그 내력을 애병에 고스란히 쏟아부었다.

우우우웅!

막대한 내공을 주입받은 목봉이 묵직한 공명음을 토해냈

다. 그러더니 일순 섬광을 뿌리며 강진혁의 주먹을 향해 뻗어
갔다.

쏴아아앙!

무시무시한 파공성과 함께 요귀숭의 봉강이 강진혁의 주
먹과 부딪쳤다. 그러자 엄청난 굉음과 함께 두 사람이 딛고
있는 대지가 주저앉았다.

막강한 충격파에 땅이 견뎌내질 못한 것이다. 하지만 요귀
숭은 그것을 느낄 새가 없었다. 왜냐하면 혼신의 힘을 다한
일격을 펼쳤음에도 불구하고 그의 신형은 실 끊어진 연처럼
뒤로 날아가고 있었기 때문이다.

"크으윽!"

손목이 아릿해지는 고통과 함께 목구멍으로 시큼한 핏물
이 올라왔다. 이번의 격돌로 인해 내상을 입은 것이었다. 그
러나 그는 억지로 피를 꿀꺽 삼켰다. 토해내면 개운하겠지만
일순간 힘이 빠져나가 강진혁을 상대할 수 없었다. 그렇기에
억지로 핏물을 삼킨 요귀숭이 손에 들고 있는 봉을 땅에 내려
박았다.

그르륵!

그러자 하염없이 날아가던 신형이 느려지며 땅에 발을 디
딜 수 있었다. 하지만 아직 안심하기는 일렀다.

후웅!

폭발로 인해 일어난 먼지구름을 뚫고서 강진혁이 모습을

드러냈기 때문이었다.

내상을 입은 그와는 달리 강진혁은 조금도 다치지 않은 듯 신색이 처음과 별반 달라지지 않았다. 아니, 오히려 더욱 강렬한 기파를 뿌리며 주먹을 내질렀다. 그러자 강진혁의 주먹에서 막대한 공력이 응집되며 포탄처럼 그에게 쏘아져 왔다.

쾅!

"큭!"

피하기에는 아직 자세가 온전치 않았기에 받아칠 수밖에 없었던 요귀숭은 신음을 흘리며 뒷걸음질 쳤다. 그런 그의 목봉에는 어느새 강기가 사라져 있었다.

내공의 소모도 소모지만 내상으로 인해 공력의 운용이 여의치 않았던 것이다.

"최대한 발악하는 게 좋을 거야. 그래야 살아남을 가능성이 아주 조금이라도 커질 테니까."

강력한 일권을 날렸던 강진혁이 자세를 바로 잡으며 담담하게 말했다. 그런데 그 내용이 심상치 않았다.

그는 마치 오늘 요귀숭의 목숨을 거두겠다는 듯이 말했던 것이다. 그 말에 요귀숭이 입술을 씰룩였다.

"마치 다 이긴 것처럼 말하는군."

"그건 본인이 더 잘 느낄 텐데?"

"흥!"

창백한 안색의 요귀숭의 얼굴이 일순 붉게 달아올랐다. 해쓱한 표정을 감추기 위해 일부러 얼굴을 붉힌 것이었다. 하지만 그런 그의 모습에 강진혁은 오히려 웃었다.

저렇게 한다는 것 자체가 이미 자신의 상태가 좋지 못함을 인정하는 것이었기 때문이다.

"오늘부로 구마성 중 봉마성은 지게 될 것이다."

"어림도 없는 소리!"

슈하아앗!

요귀승이 단전에 남아 있던 공력을 모조리 끌어모아 구류천강봉법의 절초 중 하나인 구천일관(九天一貫)을 펼쳤다. 그러자 그의 봉에 가공할 기운이 집중되며 눈부신 일격이 펼쳐졌다.

초식명 그대로 아홉 개의 하늘을 꿰뚫어 버릴 만한 위력적인 공격이 펼쳐졌던 것이다. 하지만 회심의 절초를 펼쳤음에도 불구하고 요귀승은 뜻을 이루지 못했다.

혼신의 힘을 다한 그의 일격을 강진혁은 너무나 쉽게 흘려내었던 것이다. 그것도 손바닥 하나를 사용해서 말이다.

꽈과과광!

강진혁의 손바닥에 의해 부드럽게 밀려난 요귀승의 구천일관은 애꿎은 바닥에 커다란 구덩이만 만들었다. 그뿐만 아니라 작은 구릉마저도 순식간에 밀어버렸다.

"……."

하나 그러한 광경은 요귀승의 눈에 들어오지 않았다. 그의 눈에는 오직 담담한 신색의 강진혁만 보였다. 그것도 옷이 더러워진 것 말고는 너무나 멀쩡해 보이는 강진혁의 모습이.

"이젠 힘이 다했군."

말없이 노려보기만 하는 요귀숭을 향해 강진혁이 입을 열었다. 그러더니 이내 천천히 그를 향해 다가오기 시작했다.

꾸욱.

그 모습에 요귀숭이 애병을 힘껏 움켜쥐었다. 그러면서 이를 악물었다. 저번과는 다른 완벽한 패배가 믿기지 않은 모양이었다. 하지만 이게 현실이었다. 그렇기에 요귀숭은 분하지만 인정할 수밖에 없었다.

오늘의 대결에서는 저번과 같은 기습적인 공격은 없었다. 오직 실력 대 실력으로 대결했다. 때문에 요귀숭은 믿기지가 않지만 믿을 수밖에 없었다.

'음!'

한데 그때 패천궁을 나서기 전 천마성이 주었던 물건 하나가 떠올랐다. 강진혁의 위치를 알려주면서 그가 만약의 상황이 벌어지면 먹으라고 주었던 작은 환약 하나가 떠오른 것이다. 하지만 요귀숭은 선뜻 그것을 먹기가 꺼림칙했다. 왜냐하면 천마성이 환약을 주면서 부작용에 대해서도 설명해 줬기 때문이다.

복용하면 즉시 두 배에 가까운 내공이 생기고 일다경 동안은 육체 능력이 극한까지 발휘되어 초인에 가까운 힘을 사용할 수 있다고 했다. 그러나 그 대가로 한 달 동안은 움직이지 못한 채 얌전히 요양을 해야 한다고 했기에 요귀숭은 고민이 되었다.

저벅저벅.

하나 그러한 고민은 다가오는 강진혁의 발자국 소리를 듣자 저 멀리 사라졌다. 한 달간 꼼짝없이 요양을 하는 게 죽는 것보다는 훨씬 나았기 때문이다. 그래서 요귀숭은 더 이상 고민하지 않고 서둘러 천마성이 준 환약을 입안에 털어 넣었다. 그러자 조금은 단단했던 단약이 마치 물처럼 사르륵 녹아 목구멍 안으로 들어갔다.

두근. 두근.

환약을 먹자마자 몸에서 바로 반응이 왔다. 천마성의 말대로 복용을 하자마자 전신에 공력이 가득 차기 시작했던 것이다. 물론 환약으로 인해 만들어진 기운이기에 그가 쌓은 진기보다는 효율성이 떨어졌다. 하지만 그래도 총량으로 따지면 배에 가까운 양이었기에 위력은 오히려 더 높을 것 같았다.

"이제는 약의 힘을 빌리는 건가? 무인의 긍지를 버렸군."

"닥쳐라! 어차피 네놈이 죽으면 아무도 모를 일이다!"

"하긴, 구마성이라고 해봤자 어차피 마인일 뿐이니."

쒜애애액!

강진혁의 조롱에 요귀숭이 벌게진 얼굴로 목봉을 휘둘렀다. 그런데 목봉에 서린 기운이 엄청났다. 지금까지 보았던 공격과는 격이 다르게 느껴질 정도로 강력했던 것이다.

'약의 힘인가.'

단순한 찌르기임에도 불구하고 온몸을 옥죄어 버리는 강력한 압박감에 강진혁은 무겁게 내려앉은 눈동자로 요귀숭의 일격을 유심히 바라봤다. 그러다가 왼손으로 주먹을 쥐고서 아래에서 위로 내질렀다.

쩌엉!

그에 강진혁의 목젖을 노리고 쇄도하던 요귀숭의 목봉이 위로 튕겨져 올라갔다. 그러나 그 각도는 극히 미비했다. 워낙에 목봉에 실린 힘이 어마어마하다 보니 강진혁의 일격으로도 크게 튕겨내지 못했던 것이다.

"크하하핫! 끝이다!"

그 모습에 요귀숭은 자신감을 얻었는지 파안대소를 터뜨리며 그대로 목봉을 아래로 내리눌렀다.

"바보 같긴."

쫘앙!

요귀숭의 목봉이 강진혁의 턱을 스치며 땅을 후려쳤다. 그러자 묵직한 폭발과 함께 흙덩이가 치솟았다. 하지만 요귀숭은 강진혁의 모습이 보이는 모양인지 정확하게 다시 목봉을 찔러 넣었다.

이윽고 강기가 서린 요귀숭의 목봉이 흙먼지를 꿰뚫으며 벼락같이 강진혁의 심장을 노렸다.

퍼엉!

하지만 이번 역시 요귀승의 공격은 빈 허공을 가격했다. 그의 목봉이 닿기 직전, 강진혁의 신형이 귀신같이 사라졌던 것이다.

"흥! 이번에는 놓치지 않는다!"

그런데 천마성의 말이 허언이 아니었던 모양인지 요귀승은 강진혁의 위치를 정확히 파악해 냈다. 아직 육안으로 보이지 않는 상태임에도 정확하게 그가 있는 곳을 알아냈던 것이다.

쉬이익!

날카로운 파공음과 함께 봉극에서 수십 개의 강기다발이 쏘아졌다. 강진혁의 움직임을 원천적으로 봉쇄하기 위해서였다. 그러는 한편 요귀승은 강진혁과의 거리를 좁혔다.

그의 구류천강봉법이 최대한의 위력을 발휘하는 간격을 만들었던 것이다.

"확실히 강해지긴 했군. 근데, 달라지는 것은 없다."

쏟아지는 강기다발 속에서 강진혁이 씨익 웃었다. 그리고 그 순간 그의 전신으로 푸른 바람이 휘몰아쳤다. 바로 벽풍신장의 발현이었다.

퍼퍼퍼펑!

얇은 휘장과도 같은 푸른 바람은 요귀승의 공격을 모조리 튕겨냈다. 그뿐만 아니라 무거운 풍압을 일으키며 그의 움직임을 방해하기까지 했다.

"크흑!"

갑자기 몸을 짓누르는 풍압에 요귀승이 당황해하는 순간, 강진혁의 신형이 다시 한 번 감쪽같이 사라졌다.

"마종이 말해주지 않았나? 너 혼자로는 안 된다고."

툭.

강진혁이 귀신처럼 요귀승의 앞에 나타났다. 하지만 요귀 승은 강진혁이 눈앞에 나타났음에도 손가락 하나 까딱할 수 없었다. 왜냐하면 목봉을 잡고 있는 그의 손을 강진혁의 손가 락이 누르고 있어서였다.

"으윽!"

단순히 검지가 누르고 있는 것뿐인데 요귀승은 손을 움직 일 수가 없었다. 마치 마비가 된 것처럼, 점혈을 당한 것처럼 꼼짝도 할 수 없었던 것이다.

"표정을 보아하니 듣지 못한 모양이로군."

"……그게 무슨 말이냐."

"무슨 말이긴. 마종에게 있어 너는 중요한 존재가 아니라 는 말이지."

콰득.

강진혁이 반대편 손으로 요귀승의 목봉을 잡았다. 그리고 는 순수한 아귀 힘으로 그의 애병을 부러뜨렸다. 그러자 요귀 승의 두 눈이 혈안으로 변했다.

평생을 함께 해온 그의 애병이 참혹하게 부서지자 극도로 흥분한 것이었다. 또한 자존심에 거대한 금이 갔다.

"이, 이노옴!"

"끝이다."

더 이상 요귀숭을 상대할 필요성을 느끼지 못한 강진혁이 목봉을 부러뜨린 좌수를 들어 올렸다. 일격으로 요귀숭의 목을 날려 버릴 작정인 듯싶었다. 그런데 그때 맹렬한 파공성이 사방에서 들려왔다.

"음!"

정확히 자신을 노리고서 쇄도해 오는 무언가에 강진혁이 눈을 번뜩이며 좌수를 허공에서 크게 휘둘렀다. 그러자 사방에서 쇄도해 오던 무언가가 그의 경력에 맞아 튕겨져 나갔다. 한데 그게 끝이 아니었다.

퍼펑! 퍼엉!

강진혁이 느닷없는 공격을 막아낸 직후, 사방에서 매캐한 연기가 솟구치기 시작했다. 그러더니 순식간에 공터를 뒤덮었다.

파아앗!

그와 동시에 연막 사이로 네 줄기의 날카로운 파공음이 들려왔다. 모두 강진혁을 노리는 공격들이었다.

그에 강진혁이 아주 잠깐 고민에 빠졌다. 지금 쇄도하는 공격을 피하기 위해선 붙잡고 있는 요귀숭을 놓아주어야 했기 때문이다.

스윽.

이윽고 결정을 내린 강진혁이 요귀숭의 손등을 누르고 있던 검지를 떼었다. 우선은 연막 사이로 파고드는 공격을 피한 후 다시 제압하려는 생각인 것 같았다. 그런데 그게 실수였다.

파팟!

강진혁이 손을 뗀 것과 동시에 땅바닥에서 검은 인영이 솟구치며 요귀숭을 낚아채 갔던 것이다. 그것도 기민하고 신속한 움직임으로 말이다. 그로 인해 강진혁은 네 개의 공격을 피한 후 멍하니 멀어지는 요귀숭의 모습을 바라봤다.

"이런!"

뒤늦게 정신을 차린 강진혁이 요귀숭을 잡기 위해 땅을 박찼다. 그러나 그는 얼마 가지 않아 발걸음을 멈춰 세워야 했다. 왜냐하면 네 명의 흑의복면인이 사생결단을 낼 듯이 그의 앞을 가로막았기 때문이다.

쉬쉬쉬쉭!

연막을 방패 삼아 은신술을 펼치며 달라붙는 그들로 인해 강진혁은 요귀숭이 멀어지는 광경을 두 눈 뜨고 보기만 해야 했다.

퍼퍼펑!

더 늦기 전에 요귀숭을 잡을 생각으로 강진혁은 벽풍신장을 넓게 펼쳤다. 그러자 그의 장심에서 일어난 풍압으로 인해 사방을 포위한 채로 단검을 휘둘러 오던 흑의복면인들이 뒤로 크게 물러났다.

그 사이로 강진혁은 땅을 박찼다. 아니, 박차려고 했다.

"풍산장이 어떻게 됐을지 궁금하지 않나?"

우뚝!

금방이라도 땅을 박차려고 했던 강진혁이 나지막한 흑의복면인의 음성이 몸을 멈췄다. 그리고는 딱딱하게 굳은 얼굴로 입을 연 흑의복면인을 바라봤다.

"설마 풍산장도 노린 거냐?"

"당연히. 봉마성께서 패배했을 경우도 생각해야 했으니까."

"그렇다면 더더욱 놓칠 순 없지."

"걱정되지 않나?"

강진혁의 표정에서 조금의 걱정도 느껴지지 않자 흑의복면인이 떨떠름한 목소리로 물었다.

"전혀."

퍼석!

말을 마친 강진혁은 눈부신 움직임으로 흑의복면인의 목을 움켜쥐었다. 그리고는 동시에 목뼈를 꺾어버렸다.

"커헉!"

순식간에 한 명이 죽자 나머지 세 명이 양손에 단검을 역수

로 쥐고서 강진혁에게 짓쳐들었다. 그러나 동료가 죽었음에
도 그들은 동요하는 기색을 전혀 보이지 않았다. 마치 감정이
없는 인형처럼 그들은 강진혁을 붙잡는 것에만 집중했다.

퍼퍼퍼펑!

강진혁은 시간이 없었기에 다급히 풍룡번천권을 펼쳤다.
강력한 한방으로 모조리 날려 버릴 생각이었던 것이다. 그리
고 그의 생각대로 세 명의 흑의복면인은 감히 강진혁의 일권
에 저항하지 못하고 온몸이 기괴하게 뒤틀린 채로 바닥에 떨
어졌다. 하지만 그들은 목적을 달성했다.

강진혁의 손에서 요귀숭을 빼돌리는 데 성공한 것이다.

"빌어먹을."

어느새 보이지도 않는 요귀숭의 모습에 강진혁이 입술을
비틀었다. 다 잡은 요귀숭을 눈앞에서 놓치자 분통이 터졌던
것이다. 하지만 이미 마기조차 느껴지지 않을 정도로 거리가
멀어진 상태였다. 그렇기에 강진혁은 깊은 한숨을 내쉬고는
풍산장으로 발걸음을 돌렸다.

*　　　*　　　*

쉬이익!

강진혁의 신형이 바람을 가르며 야산을 가로질렀다. 이윽
고 풍산장에 도착한 강진혁은 얼굴을 굳혔다.

정문 근처에 수북이 쌓인 시체더미를 보자 상황이 어떠했
는지 능히 짐작할 수 있었던 것이다.

"오셨습니까."

강진혁이 온 것을 뒤늦게 알아차린 살문십영의 일영비(一
影秘)가 멀건 얼굴을 드러낸 채로 다가왔다.

"피해상황은 어떻습니까?"

"다행히 목숨을 잃은 사람은 없습니다. 부상을 당한 사람
은 몇 있습니다만."

강진혁의 시선이 시체를 옮기는 살문십영들에게로 향했
다. 풍산장에서 일하는 사람들은 대부분 일반 양민들이기에
시체를 보면 하나같이 기겁을 했다. 그래서 시체를 나르는 일
은 그들밖에 할 사람이 없었다.

"일강이가 안 보이는군요."

위지명은 상황을 정리하는 데 여념이 없을 터이고 곽휴는
이런 사소한 일에는 나서지 않을 게 분명했다. 그렇기에 강진
혁은 금일강을 찾았다. 그가 보이지 않는다는 것은 부상을 당
했거나 따로 할 일이 있어 다른 곳에 있거나 둘 중 하나였기
때문이다.

"경미한 부상을 당해 현재 치료중입니다. 그리고 비풍당주
가 회주님이 오시면 집무실로 바로 와달라고 했습니다."

"알겠습니다."

강진혁은 일영비의 말에 고개를 끄덕이고는 곧바로 발걸

음을 옮겼다.

잠시 후 강진혁은 피 냄새가 거의 없는 자신의 집무실에 도착했다.

스윽.

강진혁이 문을 열고 들어오자 한쪽에 앉아서 보고서를 작성하던 위지명이 몸을 일으켰다. 그런데 그의 옷 곳곳에는 핏자국이 남아 있었다.

"피해 상황은 어때? 오면서 대충 듣기는 했는데."

"그리 크지는 않습니다. 사상자는 없고 부상자만 세 명이니까요."

"일강이와 두 수행원인가?"

"그렇습니다."

집무실에 들어온 강진혁은 위지명의 앞에 앉으며 고개를 끄덕였다. 그런데 그의 표정에는 걱정스런 기색이 조금 서려 있었다.

엄밀히 따지면 호풍회 소속이 아닌 세 사람이 부상을 당했다고 하자 조금 미안했던 것이다.

"주군께서 걱정하실 정도는 아닙니다. 금 공자님의 경우 생채기만 몇 개 입었을 뿐입니다. 또한 두 수행원 역시 피를 많이 흘리긴 했으나 생명에 지장이 있는 정도는 아닙니다."

"시신들의 옷차림을 보니 흑의귀살대인가 뭔가 하는 녀석들 같던데. 맞나?"

"맞습니다. 패천궁의 칠대 중 한 곳인 흑의귀살대가 습격해 왔습니다."

"도망자는?"

"없습니다."

"곽 문주님께 고마워해야겠군."

강진혁은 따로 듣지 않아도 곽휴의 활약상을 짐작할 수 있었다. 살수무공을 익혀 은신과 잠입, 살행에 특화된 흑의귀살대를 한 명도 남김없이 몰살시키려면 곽휴의 능력이 반드시 필요했기 때문이다.

"안 그래도 금존청을 한 병 구해달라고 하셨습니다. 늙어서 삭신이 쑤신다고요."

"한 궤짝으로 구해다 드려."

"알겠습니다. 한데 주군."

"할 말이 있으면 허심탄회하게 해. 고민하지 말고."

위지명의 눈빛에서 무언가를 읽은 듯 강진혁이 말해보라는 듯 어깨를 으쓱거렸다. 그러자 위지명이 숨을 한 차례 가다듬고는 입을 열었다.

"패천궁이 저희의 위치를 알아차린 이상 옮겨야 하지 않겠습니까?"

"그래 봤자 또 찾아낼 거다. 이번만 봐도 알 수 있잖아?"

"그렇긴 합니다만."

아무에게도 말해주지 않았음에도 불구하고 패천궁은 강진

혁이 이곳 소주에 있음을 찾아냈다. 그 말은 어디를 가든 언젠가는 찾아낸다는 말과도 같았다. 그렇기에 강진혁은 떠나지 않기로 마음먹었다.

어차피 언젠가는 탄로 날 텐데 굳이 비싼 돈을 들여가며 터전을 옮길 필요는 없다 생각해서였다.

"그러니 움직이는 것보다는 차라리 준비를 하는 게 더 이득이야. 비밀통로 같은 것도 만들어놓고 말이지. 그리고."

"말씀하십시오."

"강서성 남창에 없는 구마성의 위치를 알아봐."

"혹시……."

위지명이 말끝을 흐렸다. 갑작스런 지시 때문이라기보다는 그의 저의가 짐작이 갔기 때문이다.

"맞아.. 오는 게 있으면 가는 게 있어야지. 그래야 인지상정 아냐? 물론 보통은 단단히 문을 걸어 닫고 꼼짝도 안 할 테지만, 난 달라."

강진혁은 이대로 가만히 있을 생각이 전혀 없었다. 단순히 찔러보려는 의도이든, 아니면 위협이 되는 자신을 처리하려고 한 건지는 아직 확실하게 구분이 가지 않았다. 하지만 중요한 것은 습격을 받았다는 사실이다.

그렇기에 강진혁은 강경대응을 하기로 했다. 다시는 허튼 짓을 하지 못하도록 확실하게 알려줄 작정이었던 것이다.

"비풍당을 최대한 움직여 보겠습니다."

"부탁해. 아, 그리고 내일 아침에 곧바로 떠날 거야. 그러니 그리 알아두고."

"예."

"보고는 이걸로 끝. 당주도 이만 가서 씻어. 피 냄새를 오래 맡으면 일을 할 수 없으니."

보고를 다 받고 지시를 다 내린 강진혁은 위지명을 밖으로 내보냈다. 위지명을 씻기면서 자신 역시 씻기 위해서였다.

딱히 상처를 입지는 않았지만 옷 전체에 흙먼지가 가득하기에 강진혁은 찝찝한 느낌을 떨칠 수가 없었다. 그래서 곧바로 냉수에 몸을 씻었다. 이미 한서불침의 경지는 오래전에 이룩했기에 얼음장 같은 물고 그에게는 크게 차갑지 않았다.

第四十三章
검공(劍公)

　강소성을 벗어나 산동성에 입성한 강진혁은 북쪽으로 계속 말을 몰았다. 다행히 겨울이라 그런지 관도 위에는 사람들이 없어 말을 달리는데 하등 지장이 없었다.

　푸드득!

　말 역시 오랜만에 맘껏 달리는 게 기분 좋은지 시원스럽게 투레질을 하며 질주했다.

　두두두두!

　말은 지칠 때까지 달려보겠다는 듯이 쉬지 않고 다리를 놀렸다. 그러자 주위의 경관이 빠르게 지나갔다.

　"워워."

무려 반 시진 가까이 말을 달리던 강진혁이 고삐를 강하게 잡아당겼다. 그러자 질주본능을 맘껏 보여주던 말이 거칠게 투레질을 하며 천천히 속도를 줄였다.

"여기서 목 좀 축이고 가자."

강진혁은 개울가에 멈춰 선 말 등에서 내리며 그리 말했다. 그러자 말이 용케 말귀를 알아들은 듯 따로 말을 하지 않았음에도 자연스럽게 개울에 입을 담고 물을 마시기 시작했다.

그 모습을 잠시 지켜보던 강진혁은 말안장 한쪽에 매달려 있던 수통을 떼어내 물을 담았다.

"음?"

수통에 물을 가득 채운 후 가볍게 한 모금을 들이켜던 강진혁이 눈썹을 꿈틀거리며 고개를 돌렸다. 멀리서 희미하게 병장기가 부딪치는 소리가 들린 것 같아서였다.

푸득! 푸드득!

그 소리를 말 역시 들었는지 귀를 쫑긋거리며 강진혁이 바라보는 곳을 향해 머리를 돌렸다. 그에 강진혁은 호기심이 생겼다.

무슨 일로 이런 산중에서 병장기가 부딪치나 싶었던 것이다.

"가볼까."

아직까지 비명 소리는 들려오지 않았기에 강진혁은 조금 여유로운 태도로 말 등에 올라탔다. 그리고는 말고삐를 잡아

당겨 천천히 몰기 시작했다.

채채챙! 채앵!

"부상자들은 뒤로 빠지고 쟁자수들은 앞으로 나서라!"

"예엣!"

"크흐흘! 쟁자수로 머릿수를 채운다고 해서 달라질까? 표사로도 안 됐는데 말이야."

중앙에서 지시를 내리는 중년인을 향해 거대한 도끼를 어깨에 걸친 험악한 인상의 장년인이 이죽거렸다. 그러자 표두로 보이는 중년인이 얼굴을 굳혔다.

"무슨 일이든 해보지 않고는 모르는 일이지."

"글쎄. 내가 보기에는 뻔해 보이는데 말이야. 그러니 다시 한 번 생각해 보는 게 어때? 목숨은 보장한다니까? 물론 무공을 익힌 자들은 내공을 포기해야 하지만."

"대답은 이미 한 것으로 알고 있는데."

"끝까지 권주를 마다하는군. 본좌가 나름 아량을 베풀어주려 하는데도 말이야."

표두의 단호한 대답에 도끼를 든 산적 두령이 혀를 찼다. 그는 정말로 싸우고 싶지 않았다. 피를 보고 싶지 않았다. 왜냐하면 이기는 건 당연하지만 그만큼 부하들이 다치거나 죽을 것이기 때문이다. 그래서 그는 표두가 알아서 포기하고 표물을 순순히 넘겨주었으면 했다. 한데 그것을 표두는 끝끝내 거절했다.

"더 기다릴 것이 있겠습니까, 두령. 그냥 싹 다 죽여 버리지요."

"그래야 할 것 같다."

호리호리한 체격을 가진 수하의 말에 장년인이 아쉽다는 표정으로 고개를 끄덕였다. 그러자 이십여 명을 포위한 채 대기하고 있던 오십여 명의 산적이 흉흉한 안광을 뿌리기 시작했다.

명령이 떨어지면 그 즉시 달려들기 위해서였다.

"으음!"

잠시간의 소강상태에 전열을 정비하던 표두가 침음을 흘렸다. 당차게 말하긴 했으나 상황은 그리 여의치 않았다. 때문에 그는 딱딱하게 굳은 얼굴로 표사들과 쟁자수들을 바라봤다. 죽기 직전 그들의 모습을 뇌리에 확실하게 각인시키기 위해서였다.

'미안하다.'

표두는 자신의 자존심 때문에, 그리고 표국의 명예 때문에 죽게 될 수하들을 향해 마음속으로 사죄했다. 그리고 마음을 다잡았다.

죽을 때 죽더라도 한 명이라도 더 죽이겠다고 다짐한 것이다.

불끈!

손에 쥐고 있던 검파를 힘껏 잡으며 표두가 앞으로 걸어 나왔다. 죽으러 가는 길을 그가 가장 앞에서 걸어가기 위해서였다.

"각오가 대단하군. 눈빛이 무시무시해."

"너만은 반드시 저승길의 길동무로 삼을 것이다."

"가능할까?"

덩치와는 어울리지 않게 가벼운 언사를 남발하는 산적 두령을 향해 표두가 무서운 안광을 내뿜었다. 그리고는 곧바로 출수할 수 있도록 단전의 공력은 물론이고 육신의 힘마저 모조리 끌어올렸다.

피잉!

그런데 그때 느닷없이 파공음이 울려 퍼졌다. 그리고 한쪽에 서 있던 산적 하나가 픽 하니 쓰러졌다. 이마에 손톱만 한 구멍이 뚫린 채로.

"누구냐!"

갑자기 들려온 파공음과 함께 수하가 절명하자 산적 두령이 눈을 부라리며 소리쳤다. 그러나 그의 포효에도 불구하고 들려오는 대답은 없었다. 대신 말발굽 소리만 규칙적으로 들려왔다.

다그닥다그닥.

산적들은 물론이고 대치 중이던 표사들과 쟁자수들도 말발굽 소리가 들려오는 곳을 향해 고개를 돌렸다. 그러자 태평하게 말안장에 앉아서 말을 모는 한 명의 청년이 눈에 들어왔다.

"네놈이 한 짓이냐?"

"응."

"으~ 응?"

간단하다 못해 짧은 대답에 산적 두령이 눈을 부릅떴다. 한눈에 봐도 어려 보이는 애송이가 반말을 하자 기분이 상한 것이었다. 그래서 그런지 청년을 쏘아보는 그의 눈빛은 살벌했다.

"용모가 과연 소문으로 듣던 그대로군. 험악함은 기본이고 못생기기까지 했어."

난데없이 나타나 외모를 품평하는 청년의 모습에 산적들은 물론이고 표사들과 쟁자수들이 얼빠진 표정을 지었다.

청년이 풍기는 분위기가 작금의 상황과는 전혀 어울리지 않았기 때문이다. 한데도 신기한 건 청년을 계속 보게 된다는 것이었다.

"지금 품평이나 하고 있을 때가 아닐 텐데."

쉬이익!

산적 두령의 말이 끝나기 무섭게 한 명의 산적이 날랜 움직임으로 청년에게 달려들었다. 그런 그의 손에는 예리하게 잘벼려진 손도끼 하나가 쥐어져 있었다.

"혹시 이 녀석을 믿고 한 말인가?"

털썩!

산적 두령의 두 눈이 화등잔만 하게 커졌다. 왜냐하면 짓쳐

들던 수하가 뜬금없이 바닥으로 고꾸라졌기 때문이다. 그것
도 청년을 스쳐 지나가면서 말이다.

“…무슨 짓을 한 거냐.”

“글쎄. 무슨 짓일까나.”

강진혁은 얼굴을 굳힌 산적 두령을 똑바로 바라보며 히죽
웃었다. 그러자 그의 얼굴이 붉으락푸르락하게 변했다.

강진혁의 웃음이 그에게는 조소로 보였던 것이다.

“목숨이 아깝지 않은가 보군.”

스스슥!

눈 깜짝할 사이에 동료 두 명이 쓰러지자 십여 명의 산적이
강진혁에게로 움직였다. 따로 명령을 내리지 않았음에도 알
아서 강진혁을 포위해 갔던 것이다. 그러나 강진혁은 그러한
산적들의 움직임을 보고도 별다른 대응을 하지 않았다. 그저
희미한 미소를 머금은 채로 산적 두령을 주시하기만 했다.

“그럴 리가. 목숨이 얼마나 중요한데.”

“그걸 알면서도 나선 걸 보면 둘 중 하나이겠군. 멍청하거
나 무모하거나.”

“미안하지만 둘 다 아니다.”

피피피피핑!

강진혁의 난입을 한순간의 객기라 생각하던 산적 두령이
두 눈을 휘둥그레하게 떴다. 왜냐하면 강진혁의 손이 느릿하
게 들린 순간 다섯 줄기의 파공음이 터져 나오며 수하들이 쓰

러졌기 때문이다.

철푸덕!

무려 다섯 명이 순식간에 허물어졌다. 그것도 비명 하나 없이 말이다. 그 모습에 산적 두령이 믿을 수 없다는 듯이 강진혁을 쳐다봤다.

"굳이 정하자면 청소를 위해서랄까. 세상을 좀 먹는 해충들을 치우기 위한."

피잉! 핑! 피피핑!

담담한 목소리로 중얼거린 강진혁은 오른손 검지로 멍하니 서 있는 산적들을 가리켰다. 그러자 그가 가리킨 산적들이 마치 거짓말처럼 쓰러졌다.

광풍일섬지에 머리가 관통당해 죽은 것이었다.

"쳐라!"

그 모습에 산적 두령이 반사적으로 소리쳤다. 수하들이 더 죽기 전에 공격해야 한다는 걸 본능적으로 느낀 것이었다.

"우와앗!"

"죽어랏!"

산적 두령의 명령에 주위에 있던 산적들이 일제히 달려들었다. 그러나 강진혁에게는 전혀 위협적이지 않았다. 대부분이 이류 언저리에 머물고 있는 실력들이었기에 그다지 긴장이 되지 않았던 것이다.

피잉! 핑!

하품이 나올 정도로 느리게 짓쳐드는 산적들을 향해 강진혁은 말안장에 앉은 채로 손가락만 까딱했다. 움직일 필요가 없는 상대들이었기에 광풍일섬지만 날린 것이었다. 게다가 내공은 넘치도록 있는 상태이기에 강진혁의 공격에는 거리낌이 없었다.

퍼퍽! 퍼퍼퍽!

맹렬한 파공음과 함께 허공을 가른 광풍일섬지는 정확히 다가오는 산적들의 머리를 꿰뚫었다. 물론 개중에는 감각적으로 강진혁의 광풍일섬지를 막아낸 자도 있기는 했다. 하지만 그러한 기적은 단 한 번뿐이었다. 두 번은 없었다.

"이, 이럴 수가!"

손가락으로 가리키기 무섭게 픽픽 쓰러지는 부하들의 모습에 산적 두령의 안색이 창백해졌다. 그는 늦게나마 강진혁이 엄청난 고수라는 사실을 깨달은 것이다. 하지만 이미 되돌리기에는 너무 늦어버렸다.

털썩!

순식간에 오십 명이 넘던 부하가 모조리 죽어버렸다. 그것도 가볍기 짝이 없는 지풍에 의해서 말이다.

거기다 그를 더욱더 두렵게 만드는 것은 일류지경에 오른 부하 역시 강진혁의 지풍을 두 번 이상 막아내지 못했다는 사실이었다.

그와 비교해도 그다지 차이가 나지 않는 심복이 말이다.

그 사실에 산적 두령은 갑자기 오한이 들었다. 저처럼 무자비하게 손을 쓰는 것을 보니 자신의 미래가 훤히 보였던 것이다. 암담하기 짝이 없는 미래가 말이다.

"사, 살려주십시오! 한 번만 살려주십시오, 대협!"

모두가 쓰러지고 혼자만 남은 산적 두목이 어깨에 걸치고 있던 대부를 팽개치고 땅바닥에 엎드렸다. 마치 극경의 예라는 오체투지를 하듯 말이다. 그러나 그를 바라보는 강진혁의 눈빛은 싸늘했다.

"남의 죽음은 하찮게 여기면서 자신의 목숨은 소중히 여기는 건가. 정말 놀라울 정도로 대단한 이기심이로군."

"그, 그런 게 아니오라……."

"할 말이 있으면 해봐라. 들어줄 아량 정도는 있으니."

다그닥. 다그닥.

강진혁은 산적 두령을 향해 천천히 말을 몰았다. 그러자 엎드리고 있던 그가 몸을 움찔거렸다. 강진혁이 다가오자 왠지 모를 한기가 온몸을 뒤덮는 듯해서였다.

"저는, 아니, 소인은 그저 배고픔 때문에 산적질을 한 것입니다! 배운 게 없다 보니 어쩔 수가 없었지요!"

"고로 모든 건 나라의 잘못이다?"

"그렇습죠! 바로 그것입니다!"

강진혁의 말을 산적 두령이 냉큼 받았다. 그리고는 한없이 애처로운, 동정을 바라는 듯한 눈빛으로 강진혁을 바라봤다.

덩치와는 어울리지 않게 순한 눈망울로 말이다. 하지만 그것
은 겉으로만 보이는 모습이었다.

그의 눈동자 깊은 곳에는 시커멓고 추잡한 욕망이 자리 잡
고 있었다.

"그럴 수도 있겠지. 사람에게는 사정이라는 게 있으니까.
하지만 최소한 사람의 마음을 가진 자라면 산적질을 하지는
않을 거다. 또한 사람을 함부로 죽이진 않겠지. 자신의 목숨
이 귀한 만큼 남의 목숨도 귀하다는 사실을 알고 있을 테니
까. 그런데 넌 아니었다. 자신의 욕심을 위해 남을 서슴없이
죽이려 했지. 이게 무엇을 뜻하는지 아느냐?"

"……잘 모르겠습니다."

"네가 사람이 아니라는 말이다. 사람의 탈을 쓰고 있는 짐
승일 뿐이지."

"허업!"

강진혁에게서 흘러나온 한줄기 기세가 산적 두령을 옭아
맸다. 그러자 산적 두령의 안색이 점점 하얗게 탈색되어 갔
다.

시간이 갈수록 높아져 가는 중압감에 견디질 못하는 것이
었다. 하지만 그럼에도 산적 두령은 악착같이 견뎠다. 이대로
죽기에는 삶이 너무 아쉬웠기 때문이다. 그래서 그는 간절한
눈빛으로 강진혁을 바라봤다.

한 번만 더 기회를 달라는 듯이, 개과천선하겠다는 듯이 선

한 눈빛을 뿌리며 쳐다봤다. 하나 강진혁은 그의 간절한 눈빛에도 불구하고 냉정한 표정을 풀지 않았다. 오히려 더욱 기세를 집중했다.

"크륵!"

결국 강진혁의 무형강기에 산적 두령은 절명했다. 한계치까지 짓누르는 무형강기에 끝내 견디지 못하고 죽은 것이었다.

털썩!

창백한 안색의 시신이 힘없이 바닥에 허물어졌다. 그러나 그 모습에 신경 쓰는 이는 아무도 없었다.

모두가 멍한 눈으로 강진혁을 바라봤다. 기세만으로 사람을 죽일 수 있는 것은 무형강기를 자유자재로 다룰 수 있는 최절정고수만이 가능한 일이었기 때문이다.

"저, 저기 대협!"

모두가 강진혁의 신위에 넋을 놓고 있을 때 표두가 힘겹게 입을 열었다. 그러나 목소리는 심각할 정도로 떨리고 있었다.

쉬이 볼 수 없는 최절정고수의 등장에 잔뜩 긴장한 것이었다. 하지만 그것을 이상하게 생각하는 사람은 없었다. 그 정도로 최절정고수는, 그것도 이십대 후반으로 보이는 청년 고수는 보기 드물었기 때문이다.

스윽.

표두의 부름에 강진혁이 고개를 돌렸다. 그러자 표두가 그에게 정중히 포권을 올렸다. 도움에 감사함을 표시한 것이다. 뒤이어 잔뜩 긴장한 자세로 서 있던 표사들과 쟁자수들도 하나같이 병장기를 거두고는 포권지례를 올렸다.

"도와주셔서 감사합니다!"

"사람으로서 당연히 해야 할 일을 한 것뿐입니다. 그러니 개의치 마시길."

"아……."

강진혁은 그들을 향해 엷은 미소를 보이며 대답했다. 그러자 표두의 눈빛이 반짝였다. 협행을 하고도 생색을 내지 않는 모습이 인상적이었기 때문이다.

"그럼 저는 이만."

그러한 생각은 다른 이들도 마찬가지인 듯 하나같이 똑같은 눈빛으로 강진혁을 바라봤다. 그에 부담을 느낀 강진혁은 말머리를 돌렸다. 상황이 마무리되었으니 이제는 본래 갈 길을 가려는 것이었다.

"저기 대협! 존성대명을 알려주십시오!"

"강진혁이라고 합니다."

뒤에서 들려오는 표두의 음성에 강진혁은 짤막하게 대답하고는 말의 허리를 찼다. 그러자 말이 기다렸다는 듯이 질주하기 시작했다.

"강진혁? 설마 천풍신룡?"

한편 뒤에서 강진혁이란 이름을 곱씹던 표두는 이내 두 눈을 부릅떴다. 그의 뇌리에 천풍신룡이라는 별호가 자연스럽게 떠올랐기 때문이다.

"우와! 지금 우리 천풍신룡을 본 거야?"

"천하십대고수와도 밀리지 않는 천풍신룡이 바로 저분이라고?"

놀라는 이는 비단 표두만이 아니었다. 표사들과 쟁자수들 역시 깜짝 놀란 표정으로 강진혁이 사라진 방향을 바라봤다. 그러나 이미 그의 모습은 사라진 뒤였다. 하지만 그럼에도 불구하고 표사들과 쟁자수들 사이에서는 강진혁과 천풍신룡이라는 말이 끊임없이 흘러나왔다.

*　　*　　*

지난밤에 내린 눈으로 온 세상이 하얗게 물들었다. 마치 설원처럼 보이는 것이 다 새하얗던 것이다. 그래서 그런지 말도 좀처럼 속도를 내지 못했다. 달리다가 한 번 미끄러지고는 알아서 조심했던 것이다.

"호오."

강진혁은 눈의 세계에 온 것 같은 광경에 감탄하며 천천히 말을 몰았다. 이윽고 그는 공자의 고향으로 널리 알려져 있는 곡부(曲阜)에 들어섰다. 하지만 사람들이 많은 시전으로 가지는 않았다.

그가 찾는 이는 곡부의 중심부에 있지 않았기 때문이다.

푹. 푸푹.

조심스레 움직이는 말을 타고 강진혁은 작은 산길을 올랐다. 잠시 후 강진혁의 두 눈에 새하얀 눈에 뒤덮인 작은 가옥 하나가 보였다.

"저긴가 보군."

강진혁은 지도를 펼쳐 위치를 확인하고는 고개를 끄덕였다. 위지명이 준 지도와 주변의 풍경이 정확하게 일치했던 것이다.

"계십니까?"

산짐승이 들어오는 것을 막기 위해 만들어놓은 울타리 밖에서 강진혁이 가옥을 향해 소리쳤다. 그러나 들려오는 대답은 없었다. 분명 안에서 사람의 기척이 느껴지는데 말이다.

"계십니까."

그에 강진혁이 다시 한 번 소리쳤다. 이번에는 좀 전보다 약간 더 큰 목소리로 말했다. 하지만 역시나 반응은 없었다.

"검공(劍公) 노사님을 찾아왔습니다."

아무런 반응이 없자 강진혁은 아예 별호를 거론했다. 그러자 놀랍게도 반응이 있었다. 지금까지 꼼짝도 하지 않던 인영이 움직였던 것이다.

끼이익.

"황실에서 보냈는가."

"아닙니다."

"황실이 아니라고?"

문이 열리며 계피학발의 노인이 모습을 드러냈다. 새하얀 백발과 백염(白髥), 백미(白尾)가 인상적인 노인이었는데 외관과는 달리 눈빛에는 힘이 넘쳤다. 또한 옷 위로 드러난 몸 역시 나이에 어울리지 않은 탄탄함을 지니고 있었다.

"그렇습니다."

"한데 왜 나를 찾아온 것이지?"

"부탁드릴 것이 있어 찾아왔습니다."

문을 열고 나온 노인이 날카로운 눈빛으로 강진혁을 살펴봤다. 그러나 강진혁은 강렬한 노인의 안광을 피하지 않았다. 정면으로 직시하며 눈을 마주했다. 그러자 노인이 의외라는 듯한 표정을 지었다.

"무인인가?"

"그렇다고도, 아니라고도 할 수 있습니다."

"내가 여기에 있다는 걸 알아냈다면, 내 성격 또한 알고 있을 텐데."

"이것보다 더 자세한 설명은 없습니다."

강진혁의 대답에 눈썹을 잠시 꿈틀거렸던 노인이 일순 흥미로운 표정을 지었다. 장난스런 기색이 아닌, 진지한 표정에 호기심이 생긴 듯했다.

"이유가 궁금해지는군."

"계속 밖에 있어야 합니까?"

"어차피 한서불침의 경지이지 않나. 눈이 내렸다고는 하나, 추위를 타지는 않을 터인데?"

"아직 믿지 못하시는군요."

흠칫!

순간 노인이 몸을 움찔거렸다. 하지만 놀란 기색은 얼마 가지 않았다. 금세 평온한 신색을 회복한 노인은 많은 상념이 깃든 눈빛으로 강진혁을 바라봤다.

"상당히 많은 것을 알고 있는 모양이로군."

"부탁을 하려면 그 사람에 대해서 어느 정도는 파악을 하고 있어야 하니까요."

"들어오게. 대화가 길어질 것 같으니."

"그럼 염치불구하고 실례하겠습니다."

노인의 허락에 강진혁은 짧게 묵례를 하고는 사립문을 열고 안으로 들어갔다. 말은 마구간이 없어 한쪽 기둥에 대충 묶어두었다.

끼이익.

말을 묶어둔 후 방문을 열고 안으로 들어가자 후끈한 열기가 가장 먼저 느껴졌다. 그리고 한쪽에 가부좌를 틀고 앉아 있는 노인의 모습이 보였다.

"이리 앉게."

"예."

강진혁은 노인의 앞에 편하게 앉았다. 그러자 노인이 깊고 그윽한 눈으로 그를 지그시 바라봤다.

"그래, 무슨 이유로 나를 찾아왔는가."

"저는 세상을 바꾸려 합니다. 거기에 한 손을 거들어주십시오."

"세상을 바꾼다고?"

노인, 곽소산이 어안이 벙벙한 표정을 지었다. 정말 엉뚱하기 짝이 없는 말이 나와서였다. 그런데 엉뚱한 말을 꺼낸 강진혁의 표정이 너무나 진지했다.

"예."

"자네 혹시 반역을 꾀하는 건가?"

곽소산이 짐짓 심각한 표정을 지으며 물었다. 세상을 바꾼다 함은 일반적으로 나라를 뒤엎는 것을 뜻했기 때문이다. 그렇기에 곽소산은 무거운 얼굴로 강진혁을 바라봤다.

"그건 아닙니다. 제가 바꾸려는 것은 무림인과 일반 양민의 경계선입니다."

"무슨 말인지 모르겠군."

강진혁의 말에 곽소산은 고개를 갸웃거렸다. 하지만 일단 반역은 아닌 거 같아 안심했다. 최소한 역적으로 몰릴 일은 없을 것 같아서였다.

"설명해 드리겠습니다."

강진혁은 호풍회의 창립 목적에 대해서 상세하게 설명하기

시작했다. 그러자 곽소산의 표정이 시시각각 바뀌기 시작했
다. 처음에는 호의를 보였던 그가 나중에 갈수록 얼굴을 굳혔
다. 왜냐하면 취지는 좋으나 실현 가능성이 너무 낮은 것 같아
서였다. 그러나 이러한 반응은 강진혁도 이미 예상한 바였다.

"잠시만."

"말씀하세요."

"자네의 뜻과 호풍회의 목표는 잘 알겠네. 하지만 말일세.
실현 가능성이 너무 낮다고 생각하지 않나? 물론 도전 정신은
높게 생각하네."

"불가능하다고 말씀하시는 겁니까?"

강진혁은 에둘러 말하는 곽소산에게 요점을 짚어 말했다.
그러자 곽소산이 무거운 눈빛으로 고개를 끄덕였다.

"그렇다고 보네. 사실 너무 허황된 목표이지 않은가. 경계
선의 구분을 명확히 하겠다니. 그것도 하나의 성이 아닌, 중
원 전체를 말일세."

"저는 불가능하다고 생각하지 않습니다. 능력 있는 사람들
이 모이면 충분히 가능하다고 봅니다. 그리고 어느 정도 진척
이 된 상황이고요."

"시작한 지 얼마 되지 않았다고 하지 않았나?"

곽소산의 눈빛이 달라졌다. 강진혁의 말을 들으니 아직 설
명을 다 하지 않은 것 같아서였다. 그리고 그런 그의 생각은
맞았다.

강진혁은 모든 것을 다 말해주지 않았다. 아직은 같은 소속이 아니었기 때문이다. 그렇기에 강진혁은 성과에 대한 부분은 일절 말하지 않았다.

"예. 하지만 그렇다고 성과가 없는 것은 아니지요."

"흐음. 자세히 말해줄 수 있나?"

"그것은 불가합니다. 아직 노사님은 본 회의 소속이 아니니까요."

강진혁은 단호하게 선을 그었다. 그는 곽소산을 포섭하기 위해 여기까지 찾아왔지만, 그렇다고 초반부터 머리를 숙이고 들어갈 생각은 없었다.

그가 제안을 받아들이면 당연히 좋겠지만, 절실하지는 않았다. 그렇기 때문에 강진혁은 단호한 얼굴로 고개를 저었다.

"도도하군."

"그만한 능력을 가지고 있으니까요."

"허허허!"

확신에 찬 강진혁의 모습에 곽소산이 웃음을 흘렸다. 그러나 그의 웃음에 비웃는 기색은 없었다. 왜냐하면 그 역시 무(武)로써 일가를 이루었기에 강진혁의 무위가 어느 정도인지 짐작이 갔기 때문이다. 그래서 그는 웃기만 할 뿐 가타부타 말을 하지는 않았다.

"어떻게 하시겠습니까."

"만약 내가 자네의 제안을 받아들임으로써 얻는 것은 무엇인가?"

 곽소산은 수락도, 거절도 하지 않고서 반문했다. 그런데 강진혁은 그의 반문에도 불구하고 오히려 씨익 웃었다.

 "황실과 군문에서 느끼지 못했던 보람을 느끼실 수 있을 것입니다."

 "그거 하나만 믿고 날 찾아온 겐가?"

 "그렇습니다."

 "만약에 거절을 한다면?"

 "어쩔 수 없지요."

 강진혁은 시원스럽게 대답했다. 정말로 그가 거절한다 해도 상관없다는 듯이. 그러자 곽소산의 표정이 기이하게 변했다.

 도무지 속이 보이지 않는 표정을 지었던 것이다. 하지만 강진혁은 그럼에도 여유로운 얼굴이었다.

 "자세한 이야기가 듣고 싶군."

 "받아들이시는 겁니까?"

 "단, 조건이 있네."

 "말씀하십시오."

 강진혁이 담담한 얼굴로 미소를 지으며 말했다. 원하는 대답을 들었음에도 크게 기뻐하는 기색은 없었다. 하지만 그것은 겉으로 보이는 모습만 그러한 것이었다.

 내심 그는 흡족해하고 있었다. 포섭 일 순위였던 곽소산을 그리 어렵지 않게 포섭했기 때문이다. 그리고 이건 사전 조사를 완벽히 마친 위지명의 덕이기도 했다.

"인성이 올바르지 않는 이는 가르치지 않겠네. 또한 군문의 절기 역시 가르치지 않을 것이네. 그리고 마지막으로 호풍회가 지금의 취지에서 어긋난 행동을 한다면, 난 곧바로 탈회할 것이네."

"알겠습니다."

"……다 수용하겠다는 건가?"

곽소산이 눈을 동그랗게 떴다. 군문의 무공을 가르치지 않겠다는 말은 곧 그의 진신절기를 가르치지 않겠다는 말과도 같았기 때문이다.

"예. 제가 필요한 것은 곽 노사님의 경험과 아이들을 가르치는 능력이지 군문의 무공이 아니니까요."

"여러 의미로 대단하군."

"아직 그 정도까지는 아닙니다. 이제 막 씨앗에서 싹이 튼 단계이니까요."

"내가 가면 어느 정도가 되겠는가?"

곽소산이 조금은 달라진 눈빛으로 물었다. 그에 강진혁이 조금은 고민하는 표정을 지었다. 검공 곽소산의 합류가 어떤 변화를 일으킬지 생각하는 것이었다.

"떡잎이 지고 줄기가 나오는 단계 정도가 될 듯싶습니다."

"다음 단계로 넘어가는 단계로군."

"그렇다고 볼 수 있지요."

강진혁이 고개를 끄덕였다. 그가 생각하기에 딱 그 정도가 적당할 듯싶었던 것이다. 그리고 곽소산도 그게 나쁘지 않는 듯 강진혁과 비슷한 표정으로 고개를 주억거렸다.

"가르칠 아이들은 현재 몇 명이나 있는가."

"계속 모으고 있어 정확한 숫자는 저도 잘 모릅니다. 풍산장을 나온 지가 벌써 꽤 되어서요."

강진혁이 어색한 표정을 지으며 말했다. 항상 이동 중이다 보니 보고를 받기가 애매해 정확한 대답을 해줄 수가 없었기 때문이다.

"어디에 자리를 잡았는가?"

"강소성의 소주에 자리를 잡았습니다."

"이유가 있는가?"

"암흑가의 세력이 항주와 더불어 가장 크기 때문입니다. 그래서 정리를 할 겸 소주에 자리를 잡았습니다. 항주의 경우 금가장이 있기에 제외했고요."

금가장이라는 말에 곽소산이 의외라는 표정을 지었다. 그리고 동시에 강진혁의 역량이 생각 외로 클지도 모른다는 생각이 들었다.

천하제일부라 불리는 금가장을 끌어들일 정도면 보통이 아닐 터이기 때문이다.

그러한 곽소산의 생각을 읽은 듯 강진혁이 겸연쩍은 표정을 지었다.

"그렇구먼. 한데 지금 당장 떠날 것인가?"

"저는 그랬으면 합니다만 곽 노사님은 어떠십니까?"

"난 아무래도 며칠 시일이 걸릴 듯하네. 없는 듯 살아왔지만 막상 떠나려고 하니 정리할 게 있어서 말일세."

"얼마 정도 걸릴 것 같습니까?"

곽소산이 미간을 살짝 좁혔다. 그러다가 이내 계산을 끝냈는지 강진혁을 바라보며 말했다.

"한 이레 정도 걸릴 듯하네."

"그렇다면 시간이 얼추 맞을 것 같네요."

"음?"

곽소산이 그게 무슨 말이냐는 듯한 표정을 지으며 바라봤다. 그에 강진혁이 웃으며 입을 열었다.

"태산에 한 번 다녀와야 할 것 같아서요."

"그럼 얼추 맞겠군."

"하면 이레 후에 뵙지요."

"알겠네."

강진혁이 곧장 떠날 듯이 말하며 자리에서 일어났다. 그러자 곽소산이 알겠다는 듯이 고개를 끄덕였다.

잠시 후 방을 나선 강진혁은 말을 몰로 태산이 있는 북쪽으로 향했다.

第四十四章
재회(再會)

신풍기협

곽노산이 있는 곡부를 떠난 강진혁은 이틀을 쉬지 않고 달려 태산에 도착했다. 하지만 그는 거기서 멈추지 않았다.

익숙하게 산을 올라 한 채의 장원 앞에 섰다. 그런데 강진혁의 눈동자가 살짝 커졌다. 예전과는 사뭇 다른 장원의 위용에 놀란 것이었다.

보수는 물론이고 신축까지 했는지 건물들이 상당히 늘어 있었다. 또한 장원 내의 사람들의 숫자 역시 예전에 비해 몇 배는 많은 듯했다.

"많이 달라졌네."

훤히 열린 대문 사이로 보이는 장원 내의 풍경을 가만히 지

켜보던 강진혁은 기분 좋은 얼굴로 말에서 내려와 고삐를 잡
아당겼다. 그러자 조금은 지친 기색이던 말이 그의 손길에 따
라 대문을 지났다.

"하지만 손님은 아직 그리 많지 않나 보네."

명가로서의 면모를 서서히 보이고 있는 산동악가의 모습
에 강진혁은 미소를 지으며 익숙하게 발걸음을 옮겼다.

"저기 잠시만요."

말을 끌고서 걸어가던 강진혁이 옆에서 들려오는 음성에
발걸음을 멈추고 고개를 돌렸다. 그러자 처음 보는 삼십대 초
반의 호리호리한 체격의 남자가 그를 바라보며 서 있었다.

"그쪽은 외인이 함부로 갈 수 있는 곳이 아닙니다."

"아, 그렇습니까?"

다급한 걸음걸이로 다가온 남자의 말에 강진혁은 수긍하
듯 고개를 끄덕였다. 그가 가고자 하는 곳이 산동악가의 가주
전이니만큼 남자의 말은 틀리지 않았기 때문이다.

"한데 어디서 오셨습니까?"

강진혁이 이해한 듯 고개를 주억거리자 남자가 살짝 경계
섞인 눈빛으로 물어왔다. 그에 강진혁이 엷은 미소를 흘리며
대답했다.

"곡부에서 왔습니다."

"곡부요?"

남자가 반문했다. 그가 물어본 것은 단순히 지역이 아니었

기 때문이다. 그렇기에 남자는 얼굴을 살짝 굳히며 강진혁을
바라봤다.

그의 눈빛에 경계심이 더욱 짙어졌다.

"예. 그리고 사문은 일인전승이라 말씀드리기가 조금 그렇
습니다."

"소속은 없으십니까?"

"무림의 방파나 문파에 속해 있지는 않습니다."

"그럼 무슨 일로 본 가를 찾아오셨는지요."

강진혁이 의외로 순순히 대답을 해주어서일까, 남자의 경
계심이 살짝 엷어졌다. 또한 말투 역시 처음에 비해 많이 부
드러워졌다.

"가주님을 뵈러 왔습니다. 반년 전에 잠시 이곳에 머물렀
었거든요."

"흐음."

가주를 찾아왔다는 말에 남자가 살짝 날카로운 눈빛으로
강진혁의 전신을 훑었다. 그리고는 무언가 미심쩍은 게 있는
지 미간을 좁힌 후 고민에 빠졌다.

"거짓말 같습니까?"

"아니, 그런 게 아니라……."

"그럼 가주님께 먼저 여쭤보십시오. 진혁이가 찾아왔다고
하면 아실 것입니다."

강진혁은 남자가 충분히 그럴 수 있다는 듯이 배려하며 말

했다. 그러자 되레 미안해진 듯 남자가 어색한 얼굴로 고개를
끄덕였다.

"우선 쉬시고 계실 곳으로 안내해 드리겠습니다."

"부탁드립니다."

정중한 강진혁의 태도에 남자는 절로 공손해졌다. 가는 말
이 고와야 오는 말이 곱다는 속담처럼 강진혁이 예의를 차리
니 그 역시 예의를 차리게 되었던 것이다.

저벅저벅.

강진혁을 객청으로 이끈 남자는 편히 쉬라는 말과 함께 말
고삐를 건네받고는 발걸음을 돌렸다. 말을 마구간에 보내기
위해서였다.

이윽고 남자와 말의 모습이 보이지 않자 강진혁은 객청 안
으로 들어갔다. 그런데 보수한 지 얼마 되지 않아서 그런지
곳곳에서 나무 냄새가 물씬 풍겼다.

*　　　*　　　*

두 개의 등잔이 어둠을 밝히고 있는 방 안에서 한 명의 사
내가 뒷짐을 지고서 창밖을 바라보고 있었다. 그런데 그 순간
그의 뒤로 한 명의 흑의인이 귀신처럼 모습을 드러냈다.

"어찌 되었느냐."

시선은 여전히 창밖에 둔 채로 사내, 천마성이 물었다. 그

러자 부복한 자세로 모습을 드러냈던 흑의인이 또렷한 목소리로 입을 열었다.

"실패했다고 하옵니다."

"소천단(小天丹)을 사용하고도?"

"그렇습니다."

"천풍신룡의 상태는 어떻더냐."

이미 오래 전에 마종에게서 봉마성이 질 것이라는 말을 들어서 그런지 천마성은 별달리 놀란 기색을 보이지 않았다. 대신 강진혁의 상태에 대해서 물었다.

"조금도 다치지 않았다고 합니다."

"부상을 입지 않았단 말이더냐?"

천마성이 놀란 음성으로 몸을 돌렸다. 그런 그의 눈동자에는 믿을 수 없다는 기색이 서려 있었다.

소천단은 단순히 가진 바 공력을 두 배 높여주는 데 그치는 환약이 아니었다. 공력을 높여주는 것은 물론 신체적인 능력을 극한까지 올려준다.

소천단을 복용하면 적어도 육체적인 부분에서는 초인에 가깝게 변하는 것이다. 그리고 그것은 곧 단순히 두 배라는 수치만큼 강해지는 것이 아니었다. 어떻게 힘을 사용하느냐에 따라 세 배, 네 배까지도 강해질 수 있었다. 그렇기에 천마성은 믿을 수가 없었다.

요귀숭이 소천단을 복용하고도 강진혁에게 상처 하나 입

히지 못했다는 사실이 말이다.

"확인해 본 결과 외상은 물론이고 내상도 입지 않은 것으로 파악되었습니다."

"믿을 수가 없군."

소천단을 복용한 요귀승이라면 천마성도 쉽사리 승리를 자신할 수 없었다. 한데 강진혁은 그런 요귀승을 상처 하나 없이 제압했다. 그 점이 천마성은 마음에 걸렸다. 그 말인즉 구마성 중 두 명이 나서도 강진혁을 제압할 수 있다고 확신할 수 없기 때문이다.

'정말 내가 나서야 하나.'

천마성은 진지하게 고민했다. 소천단을 먹은 봉마성이 안 된다면 구마성 중 상위의 실력자라 할 수 있는 그나 광마성, 선마성 환공 정도는 나서야 강진혁을 제거할 수 있을 것 같았기 때문이다.

하지만 문제가 있었다. 현재 그는 패천궁의 내실을 다지고 마도의 세력들을 규합하느라 움직일 수 없는 상태였다. 또한 광마성은 검천 반호성과의 대결로 인해 입은 부상 때문에 현재 요양 중이었다. 외상은 다 나았으나 내상이 심각해 봄은 되어야 제대로 움직일 수 있었다.

그렇다면 남는 이는 선마성뿐인데 안타깝게도 환공은 그가 움직일 수 있는 인물이 아니었다.

'답답하군. 시간이 더 흐르기 전에 없애야 하는데.'

이유는 모르겠으나 천마성은 강진혁을 생각하면 묘한 불안감이 느껴졌다. 나중에 크나큰 방해물이 될 것 같은 느낌이 자꾸만 들었던 것이다. 그래서 이번 요귀숭의 실패가 유독 크게 느껴졌다.

만약 계획대로 되었다면 그는 더 이상 불안감을 느낄 필요가 없었을 터였기 때문이다.

"요귀숭은 어디쯤 오고 있느냐."

"어제 안휘성 안경(安慶)을 막 지났다고 보고가 올라왔습니다."

"장강을 타고 오는 것이면 얼마 걸리지 않겠군."

"그럴 것이라 사료됩니다."

비응(秘鷹) 일호의 대답에 천마성은 고개를 끄덕였다. 다행히 요귀숭이 늦지 않게 도착할 것 같아서였다.

"최대한 서둘러 데려오도록. 그리고 정신을 차리지 못하게 주의하고."

"존명."

"또한 강진혁의 일거수일투족을 주시해라. 약점이 될 만한 게 있으면 알아내고."

"예."

천마성이 손을 휘휘 저었다. 곧바로 시행하라는 뜻이었다. 그에 비응 일호가 어둠에 녹아들며 귀신같은 움직임으로 그의 처소를 나섰다.

　　　　　*　　　*　　　*

우당탕탕!

한산한 객청에서 홀로 창밖의 풍경을 가만히 구경하던 강진혁이 입구 쪽에서 들려오는 요란한 소리에 고개를 돌렸다. 이윽고 그의 시야에 황망한 얼굴로 달려오는 악만기가 보였다.

그는 강진혁을 보자 벼락이라도 맞은 것처럼 몸을 부르르 떨고는 황급히 다가왔다.

"정말 자네로군!"

"오랜만입니다, 가주님."

덥석!

강진혁의 음성을 듣기 무섭게 악만기는 그의 손을 붙잡았다. 그리고는 한없이 반가운 얼굴로 고개를 끄덕였다.

"그간 잘 지냈는가? 하하! 자네의 소식은 간간이 듣고 있었네. 위명이 아주 쟁쟁하더군!"

"허명일 뿐입니다."

"신룡이라는 별호가 아무에게나 붙는 줄 아는가?"

강진혁의 겸양에 악만기가 무슨 소리냐는 듯이 대꾸했다. 그러나 그의 표정에는 기쁜 기색이 완연했다. 그와 인연이 깊은 강진혁이 강호에서 알아주는 고수로 인정받자 기분이 좋은 것이었다.

"이 이야기는 그만하지요. 얼굴이 붉어질 것 같습니다."

"자네도 부끄러움이란 게 있었구만. 하하!"

강진혁에게서 새로운 면모를 발견한 악만기가 대소를 터뜨렸다. 그러면서 예전과는 많이 달라졌음을 느낄 수 있었다.

성격 자체가 크게 변하지는 않았지만, 뭐랄까, 약간은 유해진 느낌이랄까. 그런 게 느껴졌다.

"저도 사람이니까요."

"그렇지. 사람이 다 비슷비슷하지. 한데 요즘엔 뭐하고 지내는가? 내 얼추 듣기로는 천하유람을 한다고 들었는데."

"유람은 아니고 하고 싶은 일을 하고 있습니다."

"하고 싶은 일?"

여전히 붙잡은 손을 놓지 않은 악만기가 눈을 빛내며 물었다. 그에 강진혁은 얘기가 길어질 것 같아 그를 이끌어 자리에 앉았다.

서서 얘기하는 것보다는 앉아서 얘기하는 게 나을 것 같아서였다. 잠시 후 시비가 간단한 다과상을 가져와 두 사람 사이에 놓았다.

강진혁은 그런 시비에게 고마움을 담아 고개를 한 차례 꾸벅 숙이고는 간략하게 현재 하고 있는 일을 악만기에게 말해주었다.

"흐음. 쉽지 않은 일이로군."

"그래서 더욱 의미 있지 않겠습니까."

"그렇긴 하겠네. 한데 아쉽군. 난 자네가 왔다고 해서 이참에 본 가에 눌러앉을 줄 알았는데."

"그건 가주님의 바람 아닙니까?"

"어? 눈치챘는가?"

강진혁이 피식 웃으며 말했다. 그러자 악만기가 그답지 않게 익살스러운 표정을 지으며 웃음을 터뜨렸다. 그런데 그 모습이 상당히 웃겼다.

덩치가 산만 한 사람이 익살스러운 표정을 지으니 심하게 어울리지가 않았던 것이다.

"흠흠. 자네만 원한다면 내 련아도 내줄 수 있네!"

"거절하겠습니다."

"너무 매몰찬 거 아닌가?"

"나이를 생각하셔야지요. 저랑 나이 차이가 얼마나 나는지 아십니까?"

강진혁이 헛웃음을 흘리며 말했으나 악만기는 개의치 않았다. 오히려 그게 더 좋지 않겠냐는 듯이 음흉한 표정을 지었다.

"무가의 여식이 아니었다면 이미 혼례를 올리고도 남았을 나이네."

"하지만 중요한 것은 무가의 여식이라는 사실이지 않습니까."

강진혁은 단호한 표정을 지으며 말했다. 그런 그의 얼굴에는 거절의 의미가 분명히 서려 있었다. 그에 악만기는 더 이상 권유할 수 없었다.

"성격이 여전하구만."

대신 아쉽다는 표정을 얼굴에 가득 드러내며 고개를 저었다. 은인인 데다가 실력까지 출중한 강진혁이 사위가 된다면 산동악가가 과거의 성세를 되찾는 것은 말 그대로 순식간일 것이기 때문이었다. 하지만 강진혁이 이토록 완강하게 거절하니 더 이상 매달릴 수 없었다.

"그보다 장원이 많이 달라진 것 같습니다. 가주님의 무위도 그렇고요."

"흐흠. 알아보겠는가?"

"물론이지요. 말은 하지 않았지만 지금 상당히 놀란 상태입니다."

강진혁은 자연스럽게 화제를 전환하며 진심으로 놀란 표정을 지었다. 왜냐하면 불과 반년 만에 악만기의 무위가 확연히 달라졌기 때문이었다.

괄목상대라는 말이 아깝지 않을 정도로 악만기의 무위는 과거와 비교할 수 없을 정도로 발전해 있었다.

불과 반 년 전에 절정의 벽 앞에서 지지부진해 있었다는 게 믿기지 않을 정도로 말이다.

"다 자네 덕분이네. 자네가 도움을 주었기에 내가 이만큼 강해질 수 있었네."

"그건 아닌 거 같습니다."

초일류에서 절정에 입문하는 데 강진혁이 결정적인 도움을 준 것은 분명히 맞았다. 하지만 그를 최절정의 극에 오르게 해준 것은 그 본인이었다. 그 스스로의 노력이 없었다면 이만한 성취는 절대 이룰 수 없었을 터였다. 그렇기에 강진혁은 고개를 저었다.

"아니네. 내가 여기까지 올라올 수 있었던 것은 모두 자네 덕분이네. 자네라는 존재가 있기에 내가 여기까지 오를 수 있었다네. 이르자면 원동력이라고나 할까."

"나이도 어린 게 자기보다 강해서 분하셨던 거지요."

"하하핫! 그게 그렇게 되나? 흠. 아니라고 말은 못하겠군. 은인이기 이전에 자네와 나는 남자 대 남자이니까 말일세!"

악만기는 본심을 숨기지 않았다. 그것은 그의 성격에 맞지 않을뿐더러 굳이 숨길 필요가 없기 때문이었다. 그리고 그건 그가 그만큼 자신의 실력에 자신감을 가지고 있으며 여유가 있다는 뜻이었다.

"좋은 마음가짐입니다."

"어째 따라잡을 수 없다고 말하는 것 같네만."

"정확히 짚으셨습니다."

"허허! 이거 못 보던 사이에 많이 거만해졌어!"

악만기가 웃으며 말했다. 하지만 그의 눈동자에는 호승심이 가득 떠올라 있었다. 그는 지금 당장에라도 강진혁과 무공을 겨루고 싶어 했던 것이다.

그것을 알아차린 강진혁이 빙그레 웃으며 입을 열었다.

"직접 느껴보시겠습니까?"

"그거 좋지!"

"시간은 괜찮으시고요?"

강진혁의 고개가 객청 밖에서 기다리고 있는 삼십대 초반의 남자를 가리켰다. 바로 그를 여기까지 안내해 준 그 남자였다.

"물론일세. 자네보다 중한 손님은 없으니."

"이제는 주위에 걸림돌이 없는 모양이네요."

"이만하면 적어도 태산에서는 어깨에 힘 좀 넣고 다닐 수 있지 않겠나?"

악만기가 자신만만한 어조로 어깨를 으쓱거렸다. 그 모습에 강진혁이 실소를 흘렸다. 암만 봐도 예전과는 많이 달라진 듯해 보였다. 근데 그러한 모습이 안 좋게 보이진 않았다. 오히려 자신감이 있어 보여 보기 좋았다.

그가 도움을 준 산동악가가 제 위세를 찾아가는 듯해 기분이 좋아졌던 것이다.

"저기, 가주님."

그때 객청의 밖에서 남자의 목소리가 들려왔다. 한데 그의 음성에 급한 기색이 완연했다.

"왜?"

악문기는 강진혁을 앞에 두고 고개조차 돌리지 않고서 우렁찬 음성으로 대답했다. 그러자 밖에 있던 남자가 간청하듯 말했다.

"조금 있으면 오가장주와의 약속 시간입니다."

"반 시진만 미뤄 둬."

"예?"

"못 들었어? 미뤄두라고."

황당하다는 듯이 반문하는 남자에게 악만기가 아무렇지도 않은 얼굴로 명령을 내렸다. 그에 남자가 당혹스러움이 가득 담긴 음성으로 입을 열었다.

"그건 아니 될 말씀이십니다!"

"안 될 게 뭐가 있어. 사정이 있어 늦는다고 하면 될 일을. 핑계는 총관이 알아서 잘 생각해서 말해둬. 정확히 반 시진쯤 후에 돌아올 테니."

"가주님!"

"가세."

악만기는 말을 거둘 생각이 전혀 없다는 듯 완고한 목소리로 그리 말하고는 강진혁을 이끌고 그의 개인 연무실로 향했다. 그러자 객청에는 그를 부르는 총관의 애처로운 음성이 메아리치듯 울렸다.

＊　　　＊　　　＊

해가 뉘엿뉘엿 기울어가는 시각에 강진혁은 배정 받은 거처에서 나와 하인을 따라 발걸음을 옮겼다. 이윽고 접객실에 도착한 그는 하인이 열어준 방문을 지나 안으로 들어갔다.

"흐음."

방에 들어서기 무섭게 물씬 풍겨오는 향긋한 냄새에 강진혁은 기분 좋은 표정을 지으며 방 안을 가볍게 훑었다. 그러자 악만기를 비롯한 악소련, 악소호 남매가 자리에 앉아 있는 게 보였다.

"아저씨!"

"약속은 지켰다."

강진혁은 방에 들어오자마자 자신을 부르는 악소련을 향해 싱긋 웃으며 말했다. 그러자 악소련이 환한 미소를 지으며 고개를 끄덕였다. 강진혁이 약속을 지켜주어 고마워하는 기색이었다.

스윽.

반면에 강진혁과는 대면한 일이 적어 데면데면한 악소호는 자리에서 일어나 꾸벅 포권을 해왔다. 그에 강진혁 역시 가볍게 포권을 해주는 것으로 인사를 대신했다.

"앉게."

"이쪽에 앉겠습니다."

　악소호와의 짧은 인사를 마치자 악만기가 자연스럽게 자리를 권했다. 하지만 강진혁은 그가 권한 자리에 앉지 않았다. 왜냐하면 그가 권한 자리는 악소련의 바로 옆자리였기 때문이다. 그래서 강진혁은 무뚝뚝한 얼굴로 악소호의 옆에 앉았다.

　"뭘 그리 신경 쓰는 겐가?"

　"그럼 신경이 안 쓰이겠습니까?"

　"매정하기는."

　악만기는 별것도 아닌 것 가지고 민감하게 반응하는 강진혁을 향해 혀를 찼다. 그러나 그것은 겉으로만 보이는 모습이었다. 속으로는 매우 아쉬워했다.

　"한데 부인께서는 안 나오시는 겁니까?"

　"아, 처는 사정이 있어 못 나오네. 후후."

　"왜 웃으십니까?"

　"응? 아, 그런 게 있네. 흐흐."

　부인을 생각하는 게 그리 좋은지 악만기는 장대한 체구와는 전혀 어울리지 않는 푼수 같은 웃음을 흘렸다. 한데 악소련과 악소호는 그 모습이 익숙한지 별달리 타박을 하지 않았다. 그저 똑같은 눈빛으로 강진혁을 뚫어져라 주시하기만 했다.

　그게 살짝 부담스러워 강진혁은 말을 이었다.

　"장이, 장삼 형제는 잘 지냅니까?"

“물론일세. 그리고 아마 만나면 깜짝 놀랄 걸세. 자네가 떠난 뒤에 엄청나게 성장했거든. 지금은 거의 일류지경에 육박할 정도라네.”

“악 장로님이 고생을 많이 하셨겠네요.”

“그렇지도 않네. 두 사람이 잘 따라오니 오히려 신이 많이 나셨지. 향후 본 가의 주춧돌이 될 아이들이라고 하시면서 말이야.”

강진혁은 순진한 눈빛을 가진 두 형제를 떠올리며 빙그레 미소를 지었다. 두 사람을 떠올리는 것만으로도 마음이 포근해졌던 것이다. 또한 정이 넘치고 순수한 두 형제가 일류지경에 육박할 정도로 강해졌다고 하니 놀랍기도 했다.

강진혁이 보기에 두 사람의 무재는 그리 높은 편이 아니었기 때문이다. 그런데도 반 년 만에 이 정도까지 성장했다면 이유는 단 하나뿐이었다.

‘그만큼 피나는 노력을 한 것이겠지.’

노력은 거짓말을 하지 않는다. 이 말은 강진혁의 뇌리 깊숙한 곳에 각인된 말 중 하나였다. 그의 사부인 강만우가 수십 번도 더 말했던 말이기도 했고.

“나머지 대화는 식사를 하면서 하도록 하지. 음식이 식으면 맛이 없으니.”

“잘 먹겠습니다.”

성대하게 차려진 식탁을 바라보며 강진혁이 그리 말하자

악만기가 흡족한 표정을 지으며 고개를 끄덕였다. 그리고는 자신이 먼저 음식을 앞 접시에 덜었다. 뒤이어 강진혁이 음식을 덜자 악소련과 악소호도 수저를 들었다.

"저기 아저씨."

"왜?"

막 음식 한 점을 짚어들던 강진혁이 앞에서 들려온 악소련의 음성에 고개를 들었다. 그러자 악소련이 초롱초롱한 눈빛으로 물었다.

"무림이화(武林二花)가 정말 그렇게 예뻐요?"

"응."

"어느 정도로요?"

"흐음."

순수하게 궁금하다는 듯이 악소련이 묻자 강진혁이 잠시 미간을 좁혔다. 어떻게 설명을 해줘야 할지 고민하는 것이었다. 하지만 단 한 번도 여인의 미모에 대해 찬양해 본 적이 없는 강진혁은 이내 얼굴을 구겼다. 어떻게 설명해야 하는지 감이 좀처럼 잡히질 않았던 것이다.

그렇다고 단순히 예쁘다고, 무지하게 예쁘다고 말할 수도 없었다. 그렇게 말했다가는 악소련의 성격상 가만히 있지 않을 게 분명했기 때문이다.

거기다 옆에 앉아 있는 악소호 역시 호기심이 가득 서린 표정을 짓고 있었다. 나름 관심 없는 척을 하고 있었으나, 강진혁의 눈에는 다 보였다.

악소호 역시 자신의 말을 기다리고 있음을 말이다.

"말하기 힘들 정도로, 설명하기 힘들 정도로 아름다워요?"

"그 정도까지는 아니고. 흐음, 어떻게 설명을 해야 하나."

"많이 힘들어 보이는군."

"실제로도 힘듭니다."

악만기의 말에 짧게 대답한 강진혁이 다시 고민에 고민을 거듭했다. 하지만 아무리 궁리를 해도 적당한 표현 방법이 떠오르지가 않았다.

결국 강진혁은 자신이 할 수 있는 선에서 최대한 자세히 말했다.

"천상화 은 소저는 화사하면서 청순하고 예쁘다. 지고화 제갈 소저는 지적이며 현숙하고 냉철하지."

"두 사람 중 누가 더 아름다워요?"

"글쎄다. 우열을 가리기가 쉽지 않은 두 사람이라. 게다가 사람마다 각자 취향이라는 것도 있으니 딱히 누가 더 아름답다고 말하기가 애매하다."

"근데 그거 사실이에요? 무림이화가 아저씨한테 관심 있다는 소문이."

"쿨럭!"

뜬금없는 악소련의 질문에 강진혁 옆에서 조용히 식사하던 악소호가 기침을 해댔다. 사레라도 걸린 듯 악소호의 얼굴은 시뻘겋게 변해 있었다.

"그게 여기까지도 소문이 났나……."

"당연하죠. 화제 중의 화제였는데. 논란거리이기도 하고요. 근데 진짜 사실이에요?"

"흐음."

강진혁은 대답을 하지 않았다. 굳이 논란거리를 더 키울 필요는 없었기 때문이다. 한데 악소련은 반드시 듣고 말겠다는 듯이 집요한 눈빛을 보내왔다. 또한 자연스럽게 두 사람의 대화를 엿듣고 있던 악소호도 귀를 기울였다.

"그게 식사보다 중요하느냐?"

"아빠는 궁금하지 않아요?"

"별로 궁금하지 않구나."

악만기가 찬물을 끼얹듯 말하자 악소련이 심통이 난 표정을 지으며 고개를 휙 돌렸다. 하지만 그러한 딸의 모습에도 악만기는 그저 웃기만 했다. 저 삐침이 얼마가지 않을 것임을 잘 알았기 때문이다.

"그보다 할 말이 있네."

악소련을 일별한 악만기가 다시 식사에 열중하는 강진혁을 바라보며 입을 열었다. 그에 강진혁이 입안에 있던 음식을 마저 삼키고서 입을 열었다.

"말씀하세요."

"이번에 소호를 데려가게나."

“예?”

생각지도 못한 말을 들어서일까. 강진혁이 그답지 않게 해연히 놀란 표정을 지으며 반문했다. 그에 악만기가 웃으며 말을 이었다.

“자네가 하고자 하는 일이 전 중원을 아우르는 일이라고 하지 않았나. 그렇다는 말은 언젠가 이곳 산동성도 포함된다는 뜻이고, 결과적으로 본 가와 계속 관계를 이어가야 한다는 것 아닌가.”

“그렇습니다.”

“그러니 이참에 데려가서 소호에게 직접 보여주시게나. 덤으로 강호 경험도 쌓게 해주고.”

“죽을 수도 있습니다.”

강진혁은 호풍회가 하는 일에 간략하게만 설명해 주었지 위험도에 대해서는 조금도 말하지 않았다. 그렇기에 강진혁은 죽음을 거론했다.

호풍회와 관련된 일을 할 경우 목숨을 잃을 수도 있기 때문이다. 그런데 의외로 악만기는 조금도 개의치 않는 표정이었다.

“강호인은 죽음이 빗겨가던가? 강호에 살기로 한 이상, 그것도 악가의 혈손으로 태어난 이상 죽음은 항시 곁에 있는 법이라네. 그러니 도중에 죽으면 그게 소호의 운명인 게지.”

“아버지!”

악소호가 당혹스런 음성으로 악만기를 불렀다. 하지만 악만기는 손을 들어 악소호를 제지시킬 뿐 그를 바라보지는 않았다.

악만기는 오직 강진혁만 바라봤다.

"그러니 걱정할 필요는 없네. 자네를 따르다 죽었다고 해서 탓할 생각은 전혀 없으니까. 다만 살아남는다면 소호가 누구보다 강해졌으면 좋겠네. 이왕이면 자네만큼."

"소원이 너무 크신 것 같습니다."

"목표를 높게 잡아야 적어도 그 근사치까지는 가지 않겠나?"

진지하던 악만기가 끝에 가서 본래의 모습으로 되돌아왔다. 그에 강진혁 역시 피식 웃음을 흘렸다.

"대가 끊길 수도 있습니다."

"그건 걱정 말게. 후대야 이미 있으니."

강진혁이 눈을 동그랗게 떴다. 그가 알기로 산동악가의 적통은, 악만기의 자식은 악소련, 악소호 남매밖에 없었기 때문이다.

그런 강진혁의 생각을 읽은 듯 악만기가 씨익 웃으며 말을 이었다.

"아내의 뱃속에 셋째가 무럭무럭 자라고 있다네. 그것도 아들이 말일세."

"축하드립니다."

“하하핫!”

뒤늦게 악만기의 부인이 이 자리에 참석하지 못한 이유를 알게 된 강진혁이 진심을 담아 축하의 말을 건넸다. 그러자 악만기는 입이 함지박만 하게 벌어져 연신 웃음을 흘렸다.

“그러니 본 가의 후대에 대해서 걱정할 필요는 전혀 없네! 한마디로 막 굴려도 된다는 뜻이지!”

“으음!”

아들이 앞에 있는데 대놓고 막 굴리라고 말하는 악만기의 모습에 강진혁은 실소가 절로 나왔다. 그래서 동정 어린 눈빛으로 악소호를 바라봤다. 한데 악소호는 이런 일이 익숙한지 별로 기분 나쁜 기색이 아니었다. 그저 한숨만 푹푹 내쉬었다.

“아빠아빠!”

“응? 왜?”

“그럼 저도 갈래요!”

“네가 왜?”

아직 태중에 있는 막내아들을 떠올리는 것만으로도 기쁜 듯 행복한 표정을 짓고 있던 악만기가 악소련의 말에 얼굴을 잔뜩 구겼다. 생각지도 못한 딸의 말에 당황한 것이었다.

“소호 혼자 보내면 위험하잖아요. 그러니 제가 같이 가서 잘 돌볼게요.”

“시답잖은 소리하지 말고 얌전히 집에나 있어. 원단이 지나면 신부수업을 시작할 거니까."

"에엑!"

"덤으로 왈가닥 같은 말투도 고칠 거니까 그리 알고."

이어지는 부친의 말에 악소련의 안색이 창백하게 변했다. 동생인 악소호를 따라가겠다는 생각이 먼지처럼 흩어질 정도로 말이다. 하지만 악만기는 악소련의 그런 변화에도 눈 하나 깜빡이지 않았다. 오히려 각오하라는 듯이 엄한 눈빛을 뿌렸다.

"히잉."

단호한 부친의 모습에 악소련이 시무룩한 표정을 지었다. 하나 그러한 모습에도 불구하고 악만기는 말을 거두지 않았다. 왜냐하면 악소련의 나이는 결코 적은 게 아니었기 때문이다.

강진혁에게도 말했듯이 악소련은 여염집 규수였다면 진즉에 혼례를 올리고도 남을 나이였다. 때문에 악만기는 늦었지만 악소련에게 신부 수업을 시키기로 마음먹었다. 예전에는 주변을 돌볼 여력이 없어 하지 못했지만, 지금은 달랐다.

지금은 충분히 가족을 돌볼 여력이 있었다. 그래서 이제부터라도 가족에게 신경을 쓰려 했다.

'가문이 어려울 때 살림을 도맡아 할 정도로 살림꾼인 아이이니 몇 가지만 제대로 가르치면 충분히 훌륭한 배필감이 될 수 있을 테지.'

겉으로는 엄한 눈빛을 뿌리는 것과 달리 악만기는 속으로
내심 고개를 끄덕였다. 어찌 됐든 그에게 있어 악소련은 소중
하기 짝이 없는, 하나뿐인 딸이었기 때문이다.

"그러니 그리 알고 준비를 하거라."

"……네."

"소호도 내일 당장 떠날 수 있도록 미리 준비해 놓고."

"알겠습니다."

악만기의 말에 두 남매가 힘없이 대답했다. 특히 악소련의
음성에는 부친에 대한 섭섭함이 가득했다. 일언반구도 없이
갑자기 이렇게 통보 식으로 말을 하니 서운했던 것이다. 하지
만 악소련의 서운함도 악소호의 충격에 비하면 아무것도 아
니었다.

후대를 걱정하지 말라는 말은, 죽어도 상관없다는 말과도
크게 다르지 않았기 때문이다.

하나 그러한 기색을 악소호는 드러내지 않았다. 대신 어떻
게든, 악착같이 살아남기로 마음먹었다. 그리고 부친의 말처
럼 강해지기로 다짐했다.

위기 속에는 기회가 있다는 말처럼 이번 일을 발판으로 삼
아 고수가 되기로 마음먹은 것이었다.

이후 식사는 소소한 담소를 이어가며 나름 화기애애하게
이어졌다. 세 사람이 각기 다른 생각을 하면서 말이다.

* * *

　원단이 얼마 남지 않은 겨울날. 강진혁은 악소호, 곽소산을 이끌고 소주에 들어섰다. 그리고는 곧바로 풍산장을 향해 발걸음을 옮겼다.

　"우와."

　소주의 중앙대로를 걷는 와중에 악소호가 연신 감탄사를 남발했다. 태어나서 단 한 번도 산동성을 벗어나 본 적이 없는 그였기에 소주의 화려한 풍경에 매료된 것이었다. 그래서 그런지 악소호는 연신 저잣거리를 두리번거렸다.

　"촌놈도 아니고 뭘 그렇게 두리번거리느냐. 어차피 나중에는 질리게 볼 터인데."

　"그래도 신기하잖아요. 곽 노사님도 소주는 처음이라면서요."

　"그래 봤자 사람 사는 곳이 다 똑같지."

　흥분한 악소호와는 달리 곽소산은 심드렁한 얼굴로 정면만 바라보고 있었다. 나이가 나이이니만큼 새로운 문물에 그다지 반응하지 않는 것이었다. 그리고 관심이 없기도 했다.

　지금 그의 뇌리에는 풍산장에서 가르칠 아이들에 대한 생각으로 가득 차 있었기에 소주의 풍경이 크게 다가오지 않았던 것이다.

　"다 왔습니다. 저곳이 풍산장입니다."

"괜찮군."

"안에 들어가시면 더욱 마음에 드실 겁니다."

화려하진 않지만 묘하게 고풍스러워 보이는 풍산장의 외견에 곽소산이 마음에 든다는 듯 고개를 끄덕였다. 그리고 옆에서 따라오던 악소호는 눈을 동그랗게 뜨고 풍산장의 주위를 살폈다.

끼이익.

그때 풍산장의 대문이 열리며 익숙한 인물이 모습을 드러냈다. 바로 비풍당주인 위지명이 나온 것이었다.

"고생 많으셨습니다, 주군."

"고생은 나보다 당주가 했겠지."

강진혁이 피식 웃으며 말하자 위지명이 엷은 미소를 지었다. 그리고는 곽소산을 향해 포권을 올렸다.

"처음 뵙겠습니다. 위지명이라고 합니다."

"반갑네. 곽소산이라고 하네."

아직 젊은데도 상당히 진중해 보이면서도 정중한 위지명의 인사에 곽소산이 말에서 내려오며 고개를 끄덕였다. 그러면서 그는 자연스럽게 위지명의 무위를 가늠했다.

강렬하진 않지만 깊은 눈동자에서 그가 범상치 않은 무위를 지녔음을 본능적으로 알 수 있었기 때문이다.

'대단하군.'

잔잔한 눈빛으로 위지명을 살펴보던 곽소산은 내심 감탄

했다. 강진혁보다는 못하지만 그래도 위지명의 무위는 동 나이대에서 짝을 찾기 어려울 정도로 높았다. 더구나 깊은 눈빛으로 보건대 심계 또한 상당할 듯해 보였다.

스윽.

잠시 곽소산과 눈을 마주했던 위지명은 고개를 돌려 또 다른 손님인 악소호를 바라봤다. 그러자 살짝 긴장한 얼굴의 악소호가 경직된 얼굴로 그를 향해 포권을 해왔다.

“산동악가의 악소호라 합니다!”

“만나서 반갑습니다. 위지명입니다.”

“혹시 위지세가의 혈손이십니까?”

위지명과 짧은 인사를 나눈 악소호가 조심스러운 기색으로 물었다. 그에 위지명이 빙긋 웃으며 고개를 끄덕였다.

“그렇습니다. 하지만 지금은 풍산장 소속입니다.”

“아, 그렇군요.”

위지명의 말에서 더 이상 묻지 말라는 기미를 읽은 악소호가 겸연쩍게 웃어 보이며 머리를 긁적였다.

덩치는 산만 해도 아직은 어린 티가 났다.

“먼 길을 오시느라 두 분 다 고생하셨을 테니 우선은 쉬실 처소부터 안내해 드리겠습니다.”

딱딱.

위지명은 곽소산과 악소호를 번갈아 바라본 후 가볍게 박수를 쳤다. 그러자 문 뒤쪽에서 기다리고 있었던 듯 두 명의 하인이 모습을 드러내었다.

"두 분을 처소로 안내해 드리도록."

"예!"

위지명의 말에 두 하인은 각자 곽소산과 악소호를 이끌고 안으로 들어갔다. 그 모습을 가만히 지켜보던 강진혁은 두 사람의 모습이 보이지 않게 되어서야 위지명을 바라봤다.

"우리도 들어가자."

"예, 주군."

이윽고 강진혁이 가장 마지막으로 풍산장 안에 들어갔다.

잠시 후 정말 오랜만에 자신의 집무실에 들어온 강진혁은 자연스럽게 자리에 앉아 의자에 등을 기댔다.

"별일 없었지?"

오랜만에 돌아온 집무실 의자의 감촉을 만끽하며 강진혁이 앞에 앉은 위지명에게 물었다. 그러자 위지명이 고개를 작게 끄덕이며 입을 열었다.

"주군께서 신경 쓰실 만한 일은 없습니다. 대신 뜻밖의 손님이 찾아 오셨습니다."

"뜻밖의 손님?"

"주군께서 오신다는 말을 듣고 사람을 보냈으니 지금쯤 거의 도착했을 것입니다."

위지명이 묘한 표정을 지으며 말하자 강진혁이 고개를 갸웃거렸다. 그의 표정에서 어떤 이가 찾아왔는지 좀처럼 짐작이 가지 않았기 때문이다. 하지만 한 가지만은 대략적이나마 알 수 있었다.

그것은 바로 자신에게 해가 되는 사람은 아니라는 것이었다. 그랬다면 위지명이 방문을 허락할 리가 없었다.

때문에 강진혁은 의문이 깃든 눈빛으로 그를 바라보다가 이내 어깨를 으쓱거렸다. 기다리겠다는 뜻이었다.

잠시 후 집무실의 문을 두드리는 소리와 함께 자하의 목소리가 들려왔다.

"회주님. 손님을 모시고 왔습니다."

"들어와."

강진혁은 자리에 앉은 채로 말하며 방문 쪽을 바라봤다. 이윽고 굳게 닫혀 있던 방문이 열리며 오랜만에 봐도 화사함이 돋보이는 자하의 모습이 가장 먼저 드러났다. 하지만 강진혁은 자하보단 그녀의 뒤로 들어오는 사람에 집중했다. 그리고 모습을 보인 이를 보고는 깜짝 놀란 표정을 지었다. 왜냐하면 정말 생각지도 못한 이가 나타났기 때문이었다.

"오랜만이지요? 강 소협. 아니, 강 회주님이라고 불러야 하나요?"

강진혁의 집무실에 모습을 드러낸 이는 바로 심운혜였다. 무이산 약선곡에 있어야 할 그녀가 이곳에 나타난 것이었다.

"아니, 심 소저께서 어떻게……."

놀람이 가시질 않는지 강진혁이 그답지 않게 말끝을 흐렸다. 그 모습에 심운혜가 부드러운 미소를 지으며 입을 열었다.

"아버지께서 저보고 직접 가서 회주님을 도와드리라고 하셨어요. 약선곡보다는 이곳이 제가 더 필요할 것이라고 하시면서요. 그리고 덤으로 세상 경험도 하고 오라 하셨지요."

"이곳은 많이 위험합니다."

웃으며 말하는 심운혜와는 달리 강진혁은 딱딱하게 굳은 얼굴로 말했다. 지금 풍산장은 결코 안전한 곳이 아니었다. 패천궁과 척을 진 상태까지는 아니더라도 상당히 껄끄러운 관계가 되었고, 또한 앞으로도 사이가 좋아질 가능성은 전혀 없었다. 게다가 적들 역시 상당히 많은 편이었다.

그렇기에 강진혁은 진심으로 걱정을 담아 말했다. 한데 강진혁의 그런 말에도 불구하고 심운혜는 조금도 긴장하는 기색을 보이지 않았다.

"알고 있어요. 아버지께 충분히 다 듣고 왔으니까요."

"그런데도 오신 겁니까?"

"예. 이곳에 제가 필요하니까요."

심운혜는 한결같은 표정으로 대답했다. 그런 그녀의 맑고 투명한 눈동자에는 결연한 기색이 완연했다.

강진혁이 무슨 말을 하더라도 물러나지 않겠다는 의지가 서려 있었던 것이다. 그에 강진혁은 더 이상의 설득이 통하지 않을 것임을 느낄 수 있었다.

"……앞으로 잘 부탁드리겠습니다."

"네. 그리고 너무 걱정하지 마세요. 여기 숙부님께서 저를 지켜주시기로 하셨으니까요."

"반갑습니다. 공륜이라고 합니다."

심운혜의 말이 끝나기 무섭게 반 보 뒤에 서 있던 삼십대 중반의 중년인이 강진혁을 향해 정중히 포권을 해왔다. 자신보다 강진혁의 나이가 어렸음에도 먼저 고개를 숙였던 것이다. 거기에 말 또한 함부로 하지 않았다.

"처음 뵙겠습니다. 강진혁입니다."

"회주님의 우려가 무엇인지 압니다. 하지만 걱정하지 마십시오. 무슨 일이 있어도 아가씨의 신변만은 반드시 지킬 것이니까요."

"예."

잠시 공륜과 눈을 마주한 강진혁은 고개를 끄덕였다. 짧은 마주침이었지만 그의 눈빛에 서린 의지와 본신의 무위를 느낄 수 있었다. 또한 그가 보표 일을 전문적으로 해왔음을 알 수 있었기에 마음을 놓았다.

공륜의 실력이라면 적어도 최악의 상황에서 심운혜의 안위만큼은 지켜낼 수 있을 것 같아서였다. 하지만 강진혁은 심운혜와 공륜에게 모든 신경을 집중하고 있어 자하의 표정을 보지 못했다. 심각할 정도로 딱딱하게 굳어 있는 그녀의 얼굴을 말이다.

第四十五章
철마표국(鐵馬鏢局)

　이른 아침에 강진혁은 위지명과 함께 풍산장을 나섰다. 산동성으로 떠나기 전에 위지명이 알아보겠다던 표국 중에 매물로 나온 게 있어 살펴보기 위해서였다.

　그중 괜찮은 곳이 있으면 당장 인수할 작정으로 풍산장을 나선 강진혁은 가장 가까운 표국을 찾았다. 하지만 그곳에 들어간 강진혁은 반 시진이 채 되기도 전에 다시 밖으로 나왔다.

　직접 들어가서 표국주와 대화를 나눠본 결과, 인수할 마음이 쏙 들어갔던 것이다.

　강진혁이 원하는 표국은 함께 잘 이끌어갈 수 있는, 신용할

수 있는 표국이었는데 지금 찾아간 청매표국은 그렇지 못했
다.

　표국주란 작자는 오직 비싼 값에만 청매표국을 팔려고 했
다. 그것도 시중에 매겨진 가격보다 배는 비싼 가격으로 말이
다.

　아마 젊어 보이는 강진혁과 위지명의 모습에 만만하게 생
각하고는 가격을 후려칠 대로 후려칠 속셈인 것 같았다. 하나
그것에 넘어갈 강진혁이나 위지명이 아니었다.

　두 사람은 첫인상부터 마음에 들지 않은 청매표국주가 가
격을 후려치려 하자 더 들을 필요도 없다는 듯 자리를 박찼
다. 그리곤 두 번째로 가까운 진성표국을 찾았다. 그러나 이
번 역시도 얼마 되지 않아 밖으로 나왔다.

　청매표국주와는 달리 진실된 진성표국주가 마음에는 들었
으나 쌓인 빚이 너무 많고, 표두는 물론이고 표사와 쟁자수들
이 많이 그만두어 인수해도 제대로 운영할 수 없어서였다.

　그 결과 강진혁과 위지명은 정오가 되어서도 이렇다 할 성
과 없이 대로 위를 걷고 있었다.

　"이제 남은 곳이 하나인가?"

　"그렇습니다. 한데 규모가 많이 작습니다."

　"어느 정도로?"

　처음에 들렀던 청매표국이나 두 번째로 찾았던 진성표국
은 그리 크지는 않지만 그래도 작은 규모의 표국은 아니었다.

굳이 설명하자면 중간 정도에 위치해 있는 표국들이었다.

그 정도는 되어야 다른 성까지 오고 갈 역량이 되었기에 위지명이 고른 것이었다. 그런데 이번에 찾아갈 표국은 규모가 작다고 하자 강진혁이 의아한 표정을 지으며 물었다.

"청매표국과 비교하면 딱 반 정도의 규모입니다."

"그 정도면 모자란 거 아냐?"

"그렇긴 합니다만 대신 빚이 없습니다."

"흠. 그럼 왜 망한 거야?"

강진혁이 더욱 의문스럽다는 표정을 지었다. 빚이 없는데 망했다고 하니 아귀가 맞지 않았던 것이다.

"경쟁에서 밀려 일거리를 따내지 못했습니다. 아마도 워낙에 규모가 작아서 그런 것 같습니다."

"그렇다고 해도 일거리가 없어서 망하다니."

강진혁이 혀를 찼다. 아무리 영세한 표국이라 하나 그래도 나름 표국인데 일거리를 따내지 못했다고 하자 한심하다는 생각이 들었던 것이다. 그리고 더불어 표국주의 역량이 심각하게 부족할 것이라는 짐작도 들었다. 한데 위지명은 생각이 다른 듯했다.

"그리고 이건 우연찮게 알아낸 사실인데 보이지 않는 압박이 조금 있었던 것 같습니다."

"보이지 않는 압박?"

"표국주의 여식에게 혼담을 넣었다가 퇴자를 맞은 이가 백화표국(白花鏢局)의 대공자라는 말이 있습니다."

"그가 퇴짜를 맞아서 홧김에 망해 버리라고 압박을 했다?"

강진혁이 미간을 좁혔다. 위지명의 말을 듣고 보니 충분히 가능성이 있는 이야기였다. 더구나 백화표국의 대공자라면 충분히 그러고도 남을 힘을 가지고 있었다.

백화표국은 당대 중원의 십대표국 중 한 자리를 차지하고 있는 표국이었기 때문이다.

그런 백화표국이 마음먹고 압박한다면 소규모의 표국이 망하는 것은 시간 문제였다.

"그렇다는 말이 있습니다."

"사실이라면 백화표국도 상대해야 한다는 말이로군."

"하지만 그것은 문제가 되지 않습니다. 저희에게는 금가장 산하에 있는 금룡표국(金龍鏢局)이 있지 않습니까. 같은 십대 표국 중 한 곳인 금룡표국을 이용하면 백화표국의 압박쯤은 벗겨낼 수 있습니다."

"그게 안 통한다면 좀 더 강압적인 방법도 있고 말이지."

강진혁이 위지명을 보며 씨익 웃었다. 그러자 위지명도 같은 생각이라는 듯이 그와 비슷한 미소를 지어 보였다.

그러는 사이 두 사람은 오늘의 마지막 목적지인 철마표국에 도착했다.

휘이이잉.

철마표국의 현판 앞에 선 강진혁과 위지명은 선뜻 발걸음을 떼지 못했다. 왜냐하면 장원의 모습이 허름해도 너무 허름했던 것이다.

그냥 툭하고 치면 부서질 것 같은 대문은 물론이고 담벼락 너머로 보이는 전각들 역시 오래된 세월을 보여주듯 곳곳이 많이 낡아 있었다.

"역사가 있어 보이긴 하는군."

"그러네요."

"하지만 중요한 건 외관이 아니지."

강진혁은 씨익 웃으며 문을 열고 안으로 들어갔다. 그 뒤를 위지명이 자연스럽게 따랐다.

"계십니까."

따로 문지기가 없었기에 조심스레 문을 열고 안으로 들어간 강진혁이 입을 열었다. 하지만 그의 음성은 메아리가 되어 울려 퍼질 뿐 대답은 들려오지 않았다.

"아무도 없나?"

대답이 없는 모습에 강진혁이 미간을 살짝 좁혔다. 그러면서 주변을 크게 훑었다. 하지만 어디에서도 인기척은 느껴지지 않았다.

"안으로 더 들어가 봐야 할 것 같습니다."

"내가 보기에도 그래야 할 것 같다."

이윽고 강진혁과 위지명은 창고로 보이는 두 개의 전각 사이로 걸어갔다. 그러자 작은 연무장과 정원, 그리고 숙소로 쓰일 법한 단순한 구조의 전각 한 채가 눈에 들어왔다. 하지만 역시나 인기척은 없었다.

표국인데도 표사는 물론이고 쟁자수들조차 보이지 않았던 것이다.

그 모습에 강진혁과 위지명은 의문스런 표정을 지으며 계속 발걸음을 옮겼다.

잠시 후 강진혁과 위지명은 드디어 인기척이 있는 전각에 도착했다.

"계십니까?"

"누구시오?"

전각 안에서 약간은 경계 섞인 음성이 들려왔다. 그리고 여러 명이 동시에 움직이는 발소리도 들렸다.

잠시 후 문이 열리며 강진혁의 앞으로 초췌한 모습의 사십 대 중반의 남자가 살짝 경직된 얼굴로 모습을 드러냈다.

"처음 뵙겠습니다. 소주 풍산장에 주인인 강진혁이라고 합니다."

"풍산장?"

"생긴 지 얼마 되지 않아 잘 모르실 겁니다."

처음 들어본다는 듯이 남자가 미간을 좁히며 반문하자 강진혁이 자연스럽게 말을 이었다. 하지만 그런 강진혁의 태도에도 불구하고 남자는 경계심을 풀지 않았다.

"무슨 이유로 찾아오셨소이까."

남자의 시선이 정면의 강진혁은 물론이고 반 보 뒤에 서 있는 위지명을 빠르게 훑었다. 그러나 강진혁은 그것을 눈치챘음에도 그러한 기색을 전혀 티내지 않았다.

"표국을 내놓으셨다고 들었습니다."

"인수하러 오셨소?"

강진혁의 말에 남자가 경계심이 살짝 누그러진 음성으로 물었다. 그에 강진혁이 고개를 끄덕였다.

"예. 조건이 제가 생각한 것과 맞는다면 인수를 할 생각입니다."

"들어오시오."

문 앞에 굳건히 서 있던 남자가 몸을 돌리며 안으로 들어갔다. 그 뒤를 강진혁과 위지명이 따라 걸어갔다.

남자는 강진혁과 위지명을 객청으로 안내하고는 자리를 권했다. 그리고는 직접 차를 우려내어 두 사람에게 따라주었다.

"형편이 좋지 않아 제대로 접대하지 못함을 이해해 주시구려."

"저희는 괜찮습니다."

"그렇다면 다행이구려."

빈말이라도 이렇게 말을 해주니 남자는 기분이 좋았다. 적어도 막돼먹은 손님은 아닌 듯해서였다.

"그럼 얘기를 나눠볼까요."

“그 전에 한 가지 묻고 싶은 게 있소.”

“말씀하세요.”

먼저 말문을 열었던 강진혁이 남자를 바라보며 고개를 끄덕였다. 그러자 남자가 심각한 표정을 지으며 조심스럽게 입을 열었다.

“현재 본 표국의 상황에 대해서 알고 계시오?”

“예.”

“어느 정도나 알고 계시오?”

“중원십대표국 중 한 곳인 백화표국과 사이가 좋지 않다는 것을 알고 있습니다.”

“그렇다면 다 알고 온 것이구려.”

혹시나 강진혁이 제대로 알지도 못한 채 성급하게 표국을 인수하러 온 것은 아닐까 싶었던 남자가 다행이라는 듯이 고개를 주억거렸다. 그러나 딱딱하게 굳어 있는 표정은 변함이 없었다.

“그렇습니다.”

“한데도 본 표국을 인수하실 생각이시오?”

“예.”

“주인이 바뀐다 해도 백화표국이 가만있지 않을 것이오. 게다가 표국 바닥이 의외로 좁소이다. 백화표국이 마음먹고 방해하면 일거리를 얻을 수가 없소. 백화표국의 영향력은 적어도 강소성에서 절대적이니 말이오.”

남자, 철마표국주 고형우는 진심 어린 조언을 해왔다. 그 말은 다시 한 번 신중하게 생각해 보라는 뜻이었다. 하지만 강진혁은 그의 진심 어린 조언에도 긴장하기는커녕 빙그레 웃었다.

"그에 대한 대책은 이미 세워져 있습니다. 그러니 그 부분에 대해서는 걱정하지 않으셔도 됩니다."

"말해줄 수 있겠소?"

고형우의 눈동자에 기광이 어렸다. 도대체 어떤 대책이길래 백화표국의 압박에도 표행을 할 수 있는지 심히 궁금했던 것이다. 그러나 강진혁은 그의 질문에도 불구하고 대답을 하지 않았다.

아직 아무런 사이도 아닌 그에게 말해줄 필요는 없었기 때문이다.

그것을 고형우도 눈치챘는지 무안한 표정을 지었다.

"미안하오."

"아닙니다. 표국주님의 상황상 충분히 그럴 수 있는 일이니까요."

"후우."

고형우가 깊은 한숨을 내쉬었다. 스스로에 대한 자괴감이 가득 담긴 한숨이었다. 그러나 강진혁은 그 모습을 보고 섣불리 입을 열지 않았다.

괜한 참견이 그를 더 비참하게 만들 수 있었기 때문이다.

그래서 강진혁은 잠자코 지켜보기만 했다. 그가 생각을 다 정리할 수 있도록.

반각 정도의 시간이 흐르자 어느 정도 생각을 추스른 듯 고형우가 고개를 들어 강진혁을 바라봤다.

"생각은 다 정리하셨습니까?"

"그렇소. 하니 다시 이야기를 나눠봅시다. 원하는 조건이 무엇이오?"

고형우는 분명히 기억하고 있었다. 조건이 맞는다면 인수하겠다는 강진혁의 말을. 그 말은 달리 생각하면 원하는 조건이 있다는 뜻이었다. 그렇기에 고형우는 단도직입적으로 물었다.

이미 다 알고 온 상대에게 흥정하는 것은 어리석은 짓이었으므로.

"제가 원하는 조건은 간단하게 말하면 딱 한 가지입니다. 바로 철마표국 자체입니다."

"이 장원과 사람들을 모두 말하는 것이오?"

"그렇습니다. 그리고 거기에는 표국주님도 포함됩니다."

강진혁의 말에 고형우의 눈이 더 이상 커질 수 없을 만큼 커졌다. 그는 강진혁이 말이 무엇을 뜻하는지 단박에 알아차렸던 것이다. 그렇기에 고형우는 믿을 수 없다는 표정을 지었다. 동시에 강진혁의 의도가 무엇인지 알 수가 없었다.

일반적으로 인수를 하면 전에 있던 사람들을 모두 내치는 게 기본이었다. 자기 사람을 요직에 앉히기 위해선 자연스럽게 물갈이가 동반되어야 하는 것이다. 그런데 강진혁은 그렇지 않았다.

지금의 체계 그대로 모든 것을 품에 안고 간다고 했다. 그게 고형우는 이해가 되지 않았다.

일거리가 없어 망해가는 철마표국을 인수해서 무엇을 하려는지 도통 감이 잡히질 않았던 것이다.

"이유가 무엇입니까?"

"일단 가장 큰 이유는 제가 표국의 일을 제대로 알지 못해서입니다."

"그럼 왜 표국을 인수하려는 겁니까?"

"지금 당장은 크게 필요하지 않지만 나중에는 반드시 필요하기 때문입니다. 그래서 미리 준비를 하는 것이지요."

설명이 부족했기 때문일까. 고형우가 말을 듣고도 아직 이해가 가지 않는다는 듯이 이마를 찌푸렸다. 그에 강진혁이 간단하게 약차에 대한 설명을 곁들였다. 그러자 고형우가 그제야 이해가 되었다는 듯 고개를 끄덕였다.

"한마디로 안정적인 운송을 위해 표국이 필요해서 인수하신다는 말씀이군요."

"그렇습니다. 그리고 시작은 약차의 운반이지만 앞으로 차차 다른 것들도 운송하게 될 것입니다."

"으으음."

“어쩌시겠습니까?”

강진혁은 침음을 흘리는 고형우를 주시하며 다시 한 번 물었다. 그러나 고형우는 선뜻 대답을 하지 못했다. 왜냐하면 철마표국은 그가 젊어서부터 피땀을 흘려 만든 것이기 때문이다.

그런 철마표국을 넘기는 일이었기에 고형우는 섣불리 대답을 하지 않았다.

“시간이 필요하시면 드리겠습니다.”

“아닙니다. 팔겠습니다.”

결정을 내린 듯 고형우가 눈을 질끈 감으며 대답했다. 어차피 그가 쥐고 있어봤자 달라지는 것은 없었다. 그렇기에 고형우는 철마표국을 강진혁에게 팔기로 결정했다. 적어도 이대로 사라지는 것보다는 나을 듯싶어서 말이다.

“그럼 계약서를 작성하죠.”

힘겨운 결정을 내린 고형우를 응시하며 강진혁이 말했다. 그리고는 뒤에 시립해 있는 위지명에게 손을 내밀었다. 그러자 위지명이 기다렸다는 듯이 두 장의 계약서를 꺼내 강진혁의 손바닥 위에 올려놓았다.

그것을 강진혁은 고형우가 읽기 편하게 돌려서 탁자 위에 내려놓았다.

“읽어보세요.”

스윽.

고형우는 굳은 얼굴로 강진혁이 꺼낸 계약서를 찬찬히 읽기 시작했다. 그리고 이내 강진혁이 한 말과 한 치도 틀림이 없다는 사실을 확인할 수 있었다.

"저기 장주님."

"궁금하신 게 있으면 말씀하세요."

"표국명을 바꾸시지 않을 생각이십니까?"

"예. 대외적으로는 표국주를 고 표국주님이 맡으실 거니까요. 하지만 그렇다고 전권을 모두 드릴 생각은 없습니다. 경영에 있어 일정 부분은 관여를 할 것입니다. 표국의 주인으로서요."

"그것은 당연합니다."

강진혁의 말에 억지는 없었다. 그렇기 때문에 고형우는 지당하다는 듯이 고개를 끄덕였다. 그로서는 철마표국이라는 이름을 그대로 사용하는 것만으로도 감지덕지였기 때문이다.

게다가 자신의 사업 수단이 그다지 좋지 않다는 사실을 스스로도 잘 알고 있었기에 그는 어떤 의미에서는 부담을 덜었다.

적어도 일거리 때문에 압박감을 받을 일은 없을 것 같아서였다.

"다 읽어보셨으면 도장을 찍으시지요."

"알겠습니다."

계약서를 꼼꼼히 읽어보았기에 더 이상 생각할 것은 없었다. 그렇기에 고형우는 고민할 것 없이 서랍에서 도장을 꺼내와 계약서에 날인했다.

"계약이 성사되었으니 이제 잔금을 치러야지요. 명아."

"예, 주군."

계약서를 한 장씩 주고받은 강진혁이 싱긋 웃으며 위지명을 불렀다. 그에 위지명이 품속에서 전표 한 장을 꺼내 건넸다.

바로 계약서에 명시된 금액의 전표였다. 그것도 신용도로 따지면 최상위라 할 수 있는 금와전장에서 발행한 전표였다.

"지금… 주시는 겁니까?"

"물론입니다. 거래는 신속하고 확실하게 이뤄져야 하니까요."

아무리 작은 규모의 표국이라 하나 그 가격이 결코 낮지는 않았다. 한데도 강진혁은 단박에 거금을 건넸다. 그것도 미리 준비해 놓고 말이다.

거기서 고형우는 강진혁의 자금력이 상당하다는 사실을 알 수 있었다.

'하긴 성수의선께서 직접 제조하신 약차를 공급받는 사람인데 평범할 리가 있나.'

고형우는 쉽게 납득했다. 이름난 대상이나 거상들이 거래하고자 하였으나 실패한 약차를 직접 공급받는 이이니만큼 당연히 특별하다고 생각한 것이다.

"앞으로 잘 부탁드립니다, 장주님"

"저야말로 잘 부탁합니다."

생각을 정리한 고형우는 자세를 바로 잡으며 공손하게 강진혁에게 인사했다. 손님이 아닌 상관에게 하는 인사였다. 그에 강진혁 역시 정중하게 인사를 받았다. 그리고는 몇 가지 지시사항을 말했다.

이제 인수가 되었으니 본격적으로 일을 하기 위해서였다.

다음 날 아침. 강진혁은 위지명, 금일강을 이끌고 풍산장을 나섰다. 목적지는 어제 인수한 철마표국이었다.

피풍의를 뒤집어쓰고 바람을 가르며 걸음을 옮긴 강진혁은 사시 중엽에 철마표국에 도착했다.

쿠웅! 딱! 따닥!

철마표국 앞에 도착한 강진혁은 장원에서 들려오는 요란법석한 소리에 미소를 지었다. 이 시끌벅적한 소리가 낡은 장원을 보수하는 소리임을 알았기 때문이다.

"거기 기둥 좀 바짝 세워! 삐뚤어졌다!"

"지붕에 기와도 싹 다 갈아! 눈이 녹으면 안으로 세니까!"

대문을 열고 안으로 들어가자 보수를 전두지휘하고 있는 고형우의 모습이 보였다. 그런데 어제와는 모습이 상당히 달랐다.

초췌했던 모습은 어디로 갔는지 갈의무복을 깔끔하게 차려입은 그는 딱 표국주다운 면모를 아낌없이 보여주고 있었다.

"오셨습니까."

"아침부터 바쁘시네요."

강진혁은 고형우의 인사를 받아주며 바삐 움직이는 장한들을 바라봤다. 그동안 일을 하지 못한 한을 풀려는 듯 표사와 쟁자수들은 추운 날씨에도 불구하고 쉬지 않고 보수작업을 했다.

출근한 것이 기쁜 듯 얼굴 가득 미소를 머금고 말이다.

그 모습이 보기 좋아 강진혁 역시 입가에 미소를 지었다.

"녹슬고 낡은 것들이 많다 보니 작업량이 늘었습니다. 그래도 오늘 안으로는 끝날 것입니다."

"다행이네요. 그보다 총서기도 출근했습니까?"

"예. 안 그래도 장주님을 기다리고 있습니다."

"그럼 바로 가죠."

총서기가 기다리고 있다는 말에 강진혁은 웃으며 안내를 부탁했다. 그에 고형우가 곧바로 앞장서서 걸어갔다.

이윽고 국주의 집무실에 도착한 강진혁은 늙수그레한 인상의 총서기를 볼 수 있었다.

"처음 뵙겠습니다. 총서기를 맡고 있는 정유입니다."

"반갑습니다. 강진혁입니다."

흰 수염이 자글자글한 정유와 인사를 나눈 강진혁은 뒤에 서 있던 금일강을 불러 각종 장부를 확인, 정리하게끔 했다.

그동안의 거래 내역과 출납 금액을 일일이 확인시켰던 것이다.

사락. 사라락.

위지명이 장원 내부를 살펴보기 위해 집무실을 나가자 방 안에는 장부의 책장이 넘어가는 소리만 들렸다. 동시에 무언가를 적는 소리도 쉼없이 이어졌다.

"흐음. 이럴 때 보면 의외로 쓸모가 참 많아."

의자에 앉아 등을 한껏 기댄 채로 늘어지게 하품을 하던 강진혁이 새삼스러운 눈빛으로 장부에 집중하고 있는 금일강을 바라보며 중얼거렸다.

"저 어렸을 적에는 신동 소리도 제법 들었던 놈입니다."

"정말?"

"예!"

믿기 힘들다는 듯이 반문하는 강진혁에게 금일강이 눈을 부릅뜨며 대답했다. 그러나 믿어달라고 호소하는 금일강의 눈빛에도 강진혁은 그저 피식 웃기만 했다.

아무리 그가 강조해도 강진혁으로서는 선뜻 믿기지가 않았던 것이다.

"그보다 일강아. 너도 아이들을 가르쳐 보는 것은 어때? 심 소저가 몇몇 아이에게 의술을 가르치는 것처럼 말이다."

"상술이나 산법 같은 것이요?"

"그래. 너라면 충분히 잘 가르칠 수 있을 것 같은데."

"죄송하지만 싫습니다. 수련하는 것만으로도 시간이 모자랍니다."

금일강이 일언지하에 거절했다. 지금처럼 간간이 도움을 주는 일이라면 모를까 교육처럼 꾸준히, 단계적으로 가르치는 일은 그의 적성에 맞지 않았다. 또한 시간이 없기도 했고. 그래서 금일강은 생각해 볼 필요도 없다는 듯이 곧바로 대답했다.

"고민도 안 하네?"

"고민할 필요가 없는 문제이니까요."

"그래도 내가 시킨다면?"

강진혁은 강진혁 나름대로 금일강이 아이들을 가르쳐 주었으면 했다. 사람의 재능이라는 게 꼭 무재만 있는 것이 아니었고, 앞으로 호풍회가 더욱 발전하기 위해선 강력한 무인뿐만 아니라 다양한 인재가 필요했다. 그래서 강진혁은 그 초석의 한 분야를 금일강이 맡아주었으면 했다.

믿을 수 있고 능력도 있는 금일강이 맡아만 준다면 그로서는 더없이 좋았기 때문이다. 한데 금일강은 그런 강진혁의 마음을 모르는 것인지 연신 고개를 저었다.

"저기, 장주님. 깜빡 잊으신 것 같은데 저는 장주님의 수하가 아닙니다."

"그렇게 야박하게 나올 거냐. 수련도 도와주는데."

"끄응!"

장부를 확인하다 말고 금일강이 앓는 소리를 흘렸다. 그러자 옆에서 도와주던 총서기가 작성하던 것을 멈췄다.

금일강이 일을 멈추니 보조하던 그도 자연히 멈출 수밖에 없었던 것이다.

동시에 그는 조심스레 강진혁과 금일강의 눈치를 살폈다.

"그리고 솔직히 하루 종일 수련하는 것도 아니잖아."

"육체훈련은 한계가 있지만 명상수련은 한계가 없지 않습니까."

강진혁의 은근한 협박에도 금일강은 뜻을 꺾지 않았다. 나름 배짱을 부리며 자신의 주장을 관철시켰던 것이다. 그런데 그의 대답에도 불구하고 강진혁은 여전히 미소를 짓고 있었다.

"거래를 하자. 아이들에게 상술과 산법을 가르쳐 주면 하루에 한 번 대련을 해주마."

"……정말입니까?"

"언제 내가 허언을 한 적 있나?"

"당연히 없지요!"

설마하니 강진혁이 대련을 가지고 거래를 해올 줄은 몰랐기에 금일강이 반색한 얼굴로 소리쳤다.

그 모습에 강진혁은 짙은 미소를 지었다.

“어때? 생각 있어?”

“하겠습니다! 제대로 가르쳐 보겠습니다!”

“좋아. 약속한 거다.”

“예!”

금일강은 혹시라도 강진혁이 말을 바꿀까 봐 황급히 대답했다. 그 정도로 강진혁과의 대련은 고대하고 고대하던 일이었다.

천풍신룡과의 대련은 하고 싶다고 해서 할 수 있는 게 아니었기 때문이다. 게다가 이미 수십 번도 더 청했다가 퇴짜를 맞은 경험이 있기에 금일강은 이 기회를 절대 놓치지 않겠다는 듯이 이글이글 타오르는 눈빛으로 고개를 연신 끄덕였다.

“그럼 내일부터 시작하는 걸로.”

“알겠습니다!”

큰 소리로 대답하는 금일강의 모습에 강진혁은 흡족한 표정을 지으며 고개를 끄덕였다. 그리고는 이내 하던 일을 마저 하라는 듯이 손짓했다.

우당탕탕!

“응?”

그런데 그때 밖에서 소란스러운 소리가 들려왔다. 느닷없이 고성이 들려왔던 것이다.

“무슨 일이지?”

그 소리를 금일강도 들었는지 장부에서 시선을 떼고 창문

쪽을 쳐다봤다. 그러자 당혹스러워 하는 고형우의 음성과 거
드름이 잔뜩 배어 있는 젊은이의 목소리가 들려왔다.

이윽고 두 사람의 목소리가 점점 커지며 문이 열렸다.

달칵.

명색이 표국주가 사용하는 집무실이건만 모습을 드러낸
젊은이는 그러한 것에는 일절 신경도 쓰지 않는 얼굴로 방 안
을 크게 훑어봤다. 그러더니 이내 강진혁을 발견하고는 건들
거리는 발걸음으로 다가왔다.

"너냐? 여기 철마표국을 인수한 자가?"

"그런데?"

"그런데에?"

의자에 비스듬히 앉아 있던 강진혁이 반말로 응수하자 이
십대 초반으로 보이는 새하얀 피부의 청년이 눈썹을 꿈틀거
렸다.

강진혁의 반말에 심기가 상한 듯싶었다. 하지만 강진혁은
그런 청년의 모습을 보고도 아무런 반응을 보이지 않았다. 그
저 희미한 미소를 머금은 채로 응시하기만 했다.

"왜? 내 말투가 마음에 안 드나?"

"그래."

"이거 웃기는 종자로군. 자신은 하대를 해도 되고, 난 반말
을 하면 안 된다? 나이도 내가 더 많은데?"

"나이는 중요치 않다. 인간관계에 있어 중요한 것은 사회

적 위치니까."

헛웃음을 흘리는 강진혁에게 청년은 코웃음을 치며 대꾸했다. 그런 청년의 눈에는 아집과 고집이 똘똘 뭉쳐 있었다.

오로지 자신만의 신념이 진리인 양 생각하고 있었던 것이다.

"호오. 그러니까 한마디로 넌 나에게 하대를 할 만한 위치에 있다?"

"바로 그렇지. 그러니 지금이라도 언사를 조심하는 게 좋을 거다. 난 그다지 아량이 넓은 사람이 아니니까."

"그래도 계속 반말을 하겠다면?"

강진혁의 미소가 짙어졌다. 그러나 청년은 그 미소의 의미를 알지 못하는 듯 되레 비웃는 표정을 지으며 입을 열었다.

"곧 후회할 일이 벌어지겠지."

"그거 참 무서운 말이로군. 그런데 말이야. 혹시 그 반대의 일이 일어날지도 모른다고는 생각하지 않나?"

"중원 십대표국에 당당히 한 자리를 차지하고 있는 백화표국의 대공자인 나, 벽광호가 말인가? 크하하핫!"

자신의 신분에 대한 자존심이 극도로 높은 모양인지 벽광호가 강진혁의 말에 파안대소를 터뜨렸다. 그러자 벽광호의 뒤를 바짝 따르고 있던 두 명의 호위무사도 덩달아 조소를 흘렸다.

주먹만 한 철마표국을 인수해 놓고 건방을 떠는 강진혁의 모습이 그들에게는 꼴사나워 보였던 것이다. 그리고 더불어 고형우의 얼굴은 더 이상 창백해질 수 없을 정도로 하얗게 탈색됐다.

그로서는 받들어 모시지는 못할지라도 최대한 친하게 지내야 할 벽광호와 이렇게 날을 세우는 게 이해가 되지 않았다.

그렇기에 고형우는 더할 나위 없이 당혹스러운 표정으로, 혹은 염려스러운 표정으로 강진혁을 바라봤다. 그러나 그는 강진혁과 함께 온 금일강의 표정을 보지 못했다. 너무나 여유로워 보이는, 혹은 재미있어 하는 그의 모습을 말이다.

"그게 그렇게 대단한 자리인가? 고작해야 다섯 손가락 밖에 있는 백화표국이?"

"지금 뭐라고 지껄였느냐?"

한참 동안 강진혁을 비웃던 벽광호가 새파란 광망을 토해내며 강진혁을 노려봤다. 그런 그의 눈에는 짙은 살기가 담겨 있었다.

오늘 처음 본 강진혁에게, 고작해야 기분 나쁜 몇 마디를 한 강진혁에게 그는 진심으로 살기를 뿌려댔다.

"나이도 어려 보이는데 벌써부터 청각에 문제가 있는 건가?"

"너야말로 아직 젊어 보이는데 생각이 없는 거 같군. 나에게 이런 식으로 대해서 표행을 할 수 있을 거라 생각하는 거냐?"

"못할 것도 없지."

"정말 아무것도 모르는 녀석이로군."

벽광호는 더 이상 상대할 가치를 못 느끼겠다는 듯이 고개를 휘휘 저었다. 자신에게 뻗대기에 무언가 믿는 구석이 있는가 했는데 대화를 나눠보니 그런 게 전혀 없는 듯싶었기 때문이다. 그래서 벽광호는 헛웃음을 흘리며 강진혁의 앞에 놓인 탁자에 손을 내려놓았다.

탁!

은근히 내공을 실은 모양인지 탁자에 손바닥 자국이 깊게 남았다. 하지만 강진혁은 그것에는 일절 시선도 주지 않았다. 시종일관 벽광호의 눈만 바라봤다.

"길게 말하지 않겠다. 철마표국을 팔아라."

"산 지 하루도 안 되었는데 너한테 팔라고?"

"그래. 값은 충분히 쳐 줄 테니."

스윽.

은근슬쩍 본인의 무위를 드러낸 벽광호가 거드름을 잔뜩 피우며 품속에서 전낭을 꺼냈다. 그리고는 곱게 접힌 전표 하나를 강진혁의 얼굴을 향해 던졌다. 그러자 하늘거리며 날아간 전표가 강진혁의 콧잔등을 툭 건드린 후 탁자 위로 떨어졌다.

"은 백 냥?"

"이 정도면 충분하지. 이런 구멍가게만 한 표국에는."

　어이없다는 강진혁의 음성을 듣지 못한 것인지 벽광호는 혼자 납득하며 고개를 끄덕거렸다. 그에 고형우의 얼굴이 벌겋게 달아올랐다.

　그가 평생을 바쳐 일궈온 철마표국을 구멍가게라 비하하자 기분이 상할 대로 상한 것이었다. 하지만 그렇다고 그 울분을 입 밖으로 드러내진 못했다.

　왜냐하면 그와 벽광호와의 신분 차이는 하늘에서 땅만큼 컸기 때문이다.

　"계약을 하기 전에, 한 가지 묻고 싶은 게 있는데."

　"물어봐라. 나중에는 지금처럼 반말로 묻고 싶어도 묻지 못할 테니까."

　일관성이 있는 건방짐에 강진혁은 실소를 흘렸다. 그리고 어떤 의미로는 대단하다는 생각도 했다.

　이렇게 시건방진 성격으로, 오만한 성격으로 강호에서 여태 살아남았다는 게 믿기지가 않았던 것이다.

　"네가 철마표국을 사려는 이유가 저기 표국주님의 따님 때문이라는 소문이 있던데. 사실이냐?"

　"표국주? 네가 인수한 거 아니었나?"

　"아아. 물론 주인은 나지. 하지만 관리는 고 표국주님이 계속하기로 했거든. 이제 궁금증이 풀렸나?"

　"흥. 소문은 사실이다. 마음에 들어 첩실로 앉힐 생각이지."

강진혁의 대답에서 독촉의 기미를 읽은 벽광호가 살짝 짜증스런 기색으로 대답했다. 그런데 그는 한 여자를, 그것도 부친이 뒤에 있는데도 당당히 첩실을 거론했다.

"정실은 안 되고?"

"당연히. 정실은 나와 격이 맞는 신분을 가진 여인을 앉혀야지."

"하하핫!"

강진혁은 기가 차서 웃음이 나왔다. 더 이상은 웃음을 참을 수가 없었다. 그리고 그건 금일강도 마찬가지인 듯 고개를 돌리고서 실소를 흘렸다. 반면에 고형우의 얼굴은 금방이라도 터질 것처럼 시뻘겋게 달아올라 있었다.

지금 당장에라도 주먹을 날릴 것처럼 두 손을 불끈 쥐고서 말이다.

"원하는 걸 다 들었으면 계약서를 양도했으면 하는데. 아니면 새로 쓰던지."

슬슬 인내심이 바닥났는지 벽광호가 말쑥한 얼굴을 찡그리며 고압적으로 말했다. 하지만 그럼에도 강진혁은 대답하지 않았다. 대신 빙그레 웃어 보였다. 그러자 벽광호의 표정이 싸늘하게 바뀌었다.

"지금 그 표정은 뭐지?"

"뭐긴. 할 말 다했으면 꺼지라는 무언의 표정이지."

"이 새끼가!"

설마하니 이렇게 면전에 대놓고 욕을 할 줄은 몰랐는지 벽광호가 순간 얼빠진 표정을 짓다가 이내 발끈하며 강진혁의 멱살을 잡으려 했다. 하지만 결과적으로 벽광호는 강진혁의 멱살을 잡지 못했다. 왜냐하면 그가 손을 움직이는 찰나에 강진혁이 갈무리해 두었던 존재감을 개방했기 때문이다.

쿠웅!

하늘이 뭉개지는 것 같은 소리와 함께 벽광호는 주저앉았다. 그것도 두 무릎을 꿇어앉은 치욕스러운 자세로. 하지만 벽광호는 체면을 신경 쓸 틈이 없었다. 무지막지한 기세로 짓누르는 압박감을 견뎌내는 것만으로도 그의 정신은 무너지기 일보직전이었기 때문이다.

"크허헉!"

"케흑!"

그리고 그건 뒤따라온 호위무사들도 다를 게 없었다. 아니, 오히려 그들은 더한 중압감을 느끼고 있었다.

어느 정도 사정을 봐주고 있는 벽광호와 달리 강진혁은 그들에게는 눈곱만큼도 인정을 베풀어주지 않았기 때문이다.

그로 인해 두 사람은 사지를 땅에 처박은 채로 침과 신음을 흘려댔다. 자신이 어떤 모습이 되어 있는지조차 인지하지 못한 채로 말이다.

"으으윽!"

그래도 두 손은 땅에 대지 않은 벽광호가 급격하게 흔들리

는 눈으로 강진혁을 바라봤다. 그는 뒤늦게나마 강진혁의 진
면목을 본 것이다.

그것도 땅을 아우르고 하늘을 뒤흔드는 절대고수의 진실
한 면모를.

"벽광호."

"으으으……!"

강진혁이 나지막한 음성으로 벽광호를 불렀다. 그러나 그
는 대답을 할 수가 없었다. 강진혁의 음성은 너무나 또렷하게
들리는데 이상하게도 그는 입을 열 수가 없었던 것이다. 그래
도 그는 어떻게든 입을 열려 했다. 안간힘을 써서라도 대답을
하고자 했다. 하지만 그런 악착같은 노력에도 불구하고 그의
육신은 의지를 배신했다.

"네가 말했었지. 넌 신분이 다른 사람이라고 말이다."

"으으!"

혼잣말과도 같은 강진혁의 중얼거림에 벽광호가 어떻게든
고개를 저으려고 했다. 그래야만 이 지옥과도 같은 압박감에
서 벗어날 수 있을 것 같았기 때문이다. 하지만 여전히 그의
육신은 의지를 배신했다.

그가 아무리 고개를 저으려고 해도 목은 꿈쩍도 하지 않았
던 것이다.

"그 말의 의미를 넌 아마 제대로 느껴본 적이 없었을 거야.
느껴봐도 아마 겪는 쪽이 아닌, 내리는 쪽에 있었겠지. 그러

니 이참에 한번 그동안 겪어보지 못했던 것을 겪어보도록 해.
내 하해와 같은 마음으로 그런 경험을 해주게 할 테니.”

“으으읍!”

입술은 움직일 수 없지만 양손은 움직일 수 있다는 사실을
뒤늦게 깨달은 벽광호가 죽을힘을 다해 손을 흔들었다. 하지
만 그의 그런 행동은 오래 이어지지 않았다.

강진혁이 무형강기로 손을 움직이는 것을 제재했기 때문
이다. 그에 벽광호는 온몸만 바르르 떨어댔다.

“일강아.”

“예, 장주님.”

“내 부탁이라면 금가장주님도 들어주시겠지?”

“물론이지요. 그리고 저런 썩어빠진 정신을 가진 놈은 표
국계에, 상계에 해나 끼칩니다. 그러니 아예 싹을 도려내는
게 여러 모로 좋습니다.”

처음부터 끝까지 모든 것을 지켜본 금일강은 여태껏 단 한
번도 보여준 적이 없었던 화난 모습을 보이며 두 눈을 치켜떴
다. 그런 그의 눈동자는 벽광호에게 꽂혀 있었다.

“어느 정도 수준까지 가능하지?”

“망하는 데 보름이면 충분합니다.”

“죄 없는 사람의 피해 없이?”

“한 달이면 됩니다.”

금일강이 확신하듯 말했다. 그에 벽광호의 안색이 하얗게

탈색됐다. 세상 무서운 것 없이 날뛰던 그였지만 강진혁이 거론한 금가장의 무서움은 알았다. 그렇기에 벽광호는 바들바들 떨면서 애처로운 눈빛을 보냈다. 하지만 이미 너무 늦어버렸다.

"부탁한다."

"맡겨주시길."

평소라면 거래는 오고가는 게 있는 거라며 무엇이든지 간에 하나를 얻어가려 했었을 텐데 오늘은 그러지 않았다. 하지만 강진혁은 그것에 대해 크게 신경 쓰지 않았다.

빚을 졌다면, 나중에 갚으면 될 일이었기 때문이다.

그에게는 그만한 능력이 충분히 있었으므로.

스으윽.

생각을 정리한 강진혁은 개방했던 존재감을 갈무리했다. 그러자 마치 바람이 한곳으로 모여드는 것처럼 존재감이 갈무리되며 미약한 바람이 불었다. 동시에 벽광호의 호위무사들이 이제야 편하게 바닥에 몸을 뉘였다.

"자자자, 장주님!"

"내보내십시오."

"장주니임! 한 번만! 한 번만 봐주십시오! 이건 시, 실수였습니다!"

"내보내세요."

강진혁이 존재감을 갈무리함으로써 말문이 트인 벽광호가

거의 기듯이 다가와 바짓가랑이를 붙잡았다. 하지만 강진혁은 그런 벽광호의 행동에도 냉정한 눈을 거두지 않았다. 오히려 서릿발같이 차가운 음성으로 고형우에게 말했다.

"잘못했습니다! 제발 한 번만! 한 번만 용서해 주십시오!"

아까 전의 거만함은 어디로 갔는지 벽광호는 눈물까지 흘리며 강진혁에게 애원했다. 그러나 소용없는 짓이었다.

이미 결정은 내려졌고, 강진혁은 그 결정을 이제 와서 거둘 생각이 눈곱만큼도 없었다.

"명아."

"예, 주군!"

"끌어내."

아직 상황 판단이 덜 된 고형우가 이러지도, 저러지도 못하고 있을 때 위지명이 근처에 와 있는 것을 느낀 강진혁이 그를 불러 지시를 내렸다. 그러자 벽광호는 이내 마혈이 점혈당한 상태로 두 호위무사와 함께 비참하게 철마표국에서 쫓겨났다.

"저는 전서응 좀 보내고 오겠습니다."

"되도록 빨리 처리해 줘."

"말하지 않아도 그리할 생각이었습니다."

"부탁한다."

강진혁의 말에 금일강은 그저 빙긋 웃어 보였다. 그리고 그 다음 날. 소주에 자리 잡은 백화표국의 몰락은 시작되었다.

　금가장이 금룡표국과 금와전장을 이용해 압박하자 백화표국은 마치 파도에 휩쓸린 모래성처럼 허물어졌다. 중원십대표국이라는 이름과는 정말 어울리지 않게 말이다. 하지만 그것은 당연한 수순이었다.

　자식 농사를 제대로 짓지 못했기에 가뜩이나 백화표국은 주변에 적을 많이 만들어둔 상황이었다. 또한 소주는 무한 경쟁이라는 말이 어울릴 정도로 수많은 중소표국이 난립해 있었기에 금가장이 작심하고 백화표국을 압박하자 여기저기에서 물고 늘어졌다. 그 때문에 백화표국은 더더욱 빠르게 무너졌다.

　금가장만 해도 버거운데 다른 곳에서 물고 늘어지니 버텨낼 재간이 없었던 것이다.

　그 결과 백화표국은 금일강의 장담대로 한 달이 채 되기도 전에 문을 닫았다.

第四十六章
운중호풍(雲中護風)

　원단을 무사히 보내고 강진혁은 오랜만에 수련에 매진했다. 그동안 검공 곽소산을 데려오고 철마표국을 인수하느라 정신이 없었기에 이제라도 자신의 수련에 신경을 쓰려 한 것이었다.

　그간 너무 수련을 등한시한 것 같기도 했고 말이다.

　또한 원단을 지나면서 그동안 벌여왔던 일이 어느 정도 정리가 되었기에 강진혁은 마음 편히 수련에 집중할 수 있었다.

　후우우웅.

　개인 연무실 안에서 두 눈을 감고 있는 강진혁을 향해 바람이 모여들었다. 마치 놀아달라는 듯이 조심스럽게 접근한 바람은 강진혁을 포근히 감싸 안았다. 그리고는 천천히 휘돌기 시작했다.

안은 듯 안지 않은 듯하면서.

"후우우."

간질거리는 바람의 감촉이 기분 좋은 것일까. 깊은 날숨을 내쉬던 강진혁이 입가에 빙그레 미소를 지었다.

아직 누구에게도 보여주지 않은 따스하면서도 포근한 미소였다.

스윽.

눈을 뜬 강진혁은 느릿하게 오른손을 들어 올렸다. 그러자 바람이 마치 그를 따르듯 손을 부드럽게 감쌌다.

"의지로 부리고 의지를 느끼는 경지라. 풍원심혼기가 구성에 다다른 건가."

강진혁은 바람에게서 느껴지는 장난기 어린 감정에 씨익 웃으며 손가락을 부드럽게 움직였다. 그러자 손가락의 움직임에 따라 바람이 하늘하늘 흔들렸다.

"그동안 무공 수련을 제대로 하지 못했는데도 구성에 오르다니. 신기하네."

중간 중간에 명상수련을 하기는 했으나 그마저도 제대로 한 것은 아니었다. 그저 시간이 아무 의미 없이 흐르기에 아까워서 한 것뿐이었다. 그렇기에 강진혁은 자신 있게 말할 수 있었다.

지금까지 한 수련은 절대 수련이라고 할 수 없다고. 그런데 신기한 건 그럼에도 불구하고 풍혼심원기의 성취가 더욱 깊어졌다는 사실이다.

"비우면 채워지는 것과 비슷한 건가?"

강진혁은 손장난을 그만두며 중얼거렸다. 지금의 상황을 가장 잘 설명할 수 있는 말은 아무래도 이것 말고는 없는 듯했다.

"그나저나 또 한 살을 먹었네. 이제 스물아홉 살인가."

어제 생일이 지났기에 이제는 진짜 스물아홉 살이었다. 그것도 서른 살을 정확히 한 살 남겨둔. 그래서 그런지 강진혁은 묘한 감정이 들었다.

자신의 나이가 적지 않다는 사실은 충분히 인지하고 있었으나, 그렇다고 많다는 생각은 절대 하지 않았었다. 한데 지금은 달랐다.

자신의 나이가 충분히 많아졌다는 사실이 명백하게 인식되었다.

"친구들을 만나면 장난 아니게 놀리겠군."

이미 자식을 둘 이상 둔 친구들과 만나면 놀림감 수준을 넘어 걱정부터 할 게 분명했다. 이대로 혼자 늙어 죽을지도 모른다고 말이다.

그런 생각을 하자 강진혁은 실소가 나왔다. 벌써부터 친구들의 근심 어린 목소리가 들려오는 듯했던 것이다.

“혼인이라……”

갑자기 깊어진 풍원심혼기의 의문에서 시작해 혼인으로 넘어가는 상념에 강진혁은 다시 한 번 실소를 흘렸다.

연관이 전혀 없는 두 가지가 자연스럽게 이어지는 게 재미있었던 것이다.

“슬슬 생각할 때가 되긴 했지.”

무인이라고 쳐도 이제는 노총각이라는 말에서 벗어날 수 없는 나이가 되었다. 물론 서른이 훌쩍 넘었음에도 혼례를 올리지 않는 무림인들은 부지기수였다.

혹자는 혼자가 편해서. 혹은 준비는 되어 있으나 만족하는 조건의 여인이 없어서. 또는 아무것도 가진 게 없어 포기해서 등등 혼례를 올리지 못한 이유는 많았다.

“이중에서 그나마 나랑 맞는 이유는 아직 준비되지 않아서인가.”

강진혁은 고개를 들고 천장을 바라봤다. 그러자 환기를 위해서 뚫어놓은 구멍 사이로 새파란 하늘이 보였다. 지나가는 구름 한 점 없는 푸르디푸른 하늘의 모습이.

“…지금부터라도 슬슬 해볼까.”

강진혁이 엷은 미소를 지으며 중얼거렸다. 사실 마음만 먹으면 준비하는 것쯤은 언제라도 가능했다.

예전이었다면 돈 버는 일에 아등바등했을 테지만 지금은 달랐다. 작심만 한다면 돈을 긁어모으는 것도 불가능은 아니었다.

물론 금가장과 비교하면 조족지혈도 안 될 테지만 말이다.

"일단 준비라도 찬찬히 해볼까."

상념을 어느 정도 정리한 강진혁은 혼자 실없이 웃은 후 연무실 바닥에 가부좌를 틀고 앉았다. 그런데 한겨울이라는 사실을 알려주려는 듯 엉덩이를 타고 엄청난 냉기가 올라왔다.

"으음!"

머리카락이 쭈뼛 설 정도의 한기에 강진혁은 저도 모르게 미약한 신음을 흘렸다. 하지만 그러한 냉기는 얼마 가지 않아 사라졌다.

강진혁이 본격적으로 명상수련에 들어가자 단전의 풍원심혼기가 일어나 그의 몸으로 침투한 냉기를 모조리 내쫓아 버렸기 때문이다.

우우우웅!

바람과 비슷하지만 바람과는 확연히 다른 풍원심혼기가 온몸을 휘감는 것을 선명하게 느끼며 강진혁은 천천히 명상에 들어갔다.

이윽고 강진혁의 머릿속에 마종 윤무강이 모습을 드러냈다.

지금까지 상대한 무인 중 가장 강한 무인이자 반드시 꺾고 싶은 상대가 윤무강이었기에 강진혁이 그를 떠올린 것이었다.

‘윤무강을 쓰러뜨릴 수 있는 방법은 딱 두 가지다.’

강진혁은 제삼자가 되어 자신과 윤무강의 비무를 보며 중얼거렸다. 그런 그의 눈은 그 어느 때보다 냉정했다.

자신의 비무를 마치 남의 비무를 보듯 했던 것이다.

‘첫 번째는 천풍검법의 성취도를 높이는 것. 그리고 두 번째는 사부께서 물려주신 내공을 합일화하는 것.’

두 가지 모두 현재의 강진혁으로서는 쉽지 않은 일이었다. 하지만 그나마 쉬운 것을 고르라고 한다면 후자가 좀 더 쉬웠다.

천풍검법의 성취도는 그가 노력한다고 해서 지금 당장 높아질 가능성은 낮았다. 그에 비해 사부가 물려준 내공은 아주 조금씩이라도 흡수가 가능했다. 다만 단점도 있었다.

쉬운 만큼 확연하게 강해지지는 않았던 것이다.

그저 내공의 총량이 많아지기에 소모가 많은 초식을 좀 더 많이 펼칠 수 있는 것뿐이었다. 그러나 그것만으로도 강진혁은 최소한 지금보다는 강해질 수 있었다.

‘가장 좋은 방법은 천풍검법을 육성 이상 성취하는 것인데……’

강진혁은 냉정하게 스스로를 돌아봤다. 과연 빠른 시일 내에 천풍검법의 성취도를 육성으로 올릴 수 있는지에 대해서. 하지만 이내 그가 내린 판단은 회의적이었다.

단기간에 천풍검법을 이해하고 숙달하는 것은 그로서도

힘들었다. 때문에 강진혁은 우선 현재 할 수 있는 일부터 하기로 했다.

"후으읍!"

결정을 내리자마자 강진혁은 명상수련을 그만두었다. 대신 풍원심혼기를 끌어올려 단전의 한 켠에 자리 잡고 있는 사부의 공력을 끌어당기기 시작했다. 물론 한꺼번에 다 흡수하려는 생각은 버렸다.

그렇게 되지도 않거니와 자칫 잘못했다가는 격렬한 반발이 일어나 내상을 입을 수도 있었다. 때문에 강진혁은 위지명의 구양절맥을 치료했을 때처럼 천천히, 그러나 확실하게 사부의 공력을 끌어당겼다. 그러자 구슬처럼 똘똘 뭉쳐 있던 공력이 고무줄이 늘어나는 것처럼 천천히 강진혁의 공력에게로 끌려 나왔다.

스르륵.

길게 끌려 나온 사부의 공력은 이내 강진혁의 공력에 흡수되기 시작했다. 아주 느리지만 차곡차곡 합일화가 되었던 것이다.

'과욕을 부리지 말고 천천히, 천천히 가자. 시간은 많으니까.'

당분간 강진혁이 할 일은 없었다. 그렇기에 강진혁은 명경지수와 같은 상태를 유지하며 차분하게 합일화 작업에 몰두했다.

　　　　　*　　　　*　　　　*

　삼 일 만에 눈을 뜬 강진혁은 천천히 몸을 일으켰다. 그러
자 그의 관절에서 우드득거리는 소리가 쉴 새 없이 터져 나왔
다.

　삼 일 동안 앉아서 꼼짝도 하지 않고 있었더니 뼈가 굳어버
린 것이었다. 더불어 근육조차 깜짝 놀란 듯 몸 곳곳이 당겼
다.

　"으음!"

　그에 강진혁은 가볍게 몸을 풀어주었다. 그러자 삐걱거렸
던 육신이 어느 정도 평상시의 상태로 되돌아왔다.

　"우선은 씻어볼까."

　내공의 합일화에 집중하고 있었다고는 하나 시간의 흐름
마저 잊은 것은 아니었다. 그렇기에 삼 일이란 시간이 흐른
것을 알고 있었다. 그래서 강진혁은 우선 몸부터 씻을 생각이
었다. 그런 다음에 잠시 업무를 보고 다시 수련하기로 마음먹
었다.

　'이제 일 할 정도 흡수했나?'

　환풍신기보와 난풍쇄혼수를 느릿하게 펼치는 것으로 몸
풀기를 마친 강진혁은 개인 연무실의 문을 열고 나와 때마침
지나가고 있는 하인에게 목욕간과 목욕물을 부탁했다.

잠시 후 강진혁은 뜨끈한 김이 올라오는 목욕간에 들어가 몸을 씻은 후 옷을 말끔하게 갈아입고 밖으로 나왔다. 그리고 는 곧장 대연무장으로 향했다.

거처에서 나오며 기감을 확대해 본 결과 그곳에 곽휴와 곽 소산, 금일강이 모여 있음을 확인했던 것이다.

파파파팡!

대연무장이라고 하기에는 규모가 그리 크기 않았지만 그 래도 풍산장에서는 가장 큰 연무장이기에 앞에 대(大) 자가 붙은 연무장에 도착한 강진혁은 세 사람의 모습보다 날카로 운 파공음을 먼저 들었다.

퍼엉! 펑!

뒤이어 묵직한 충돌음도 들려왔다. 하지만 어디에서도 신 음 소리는 들려오지 않았다.

"이제 나오신 겁니까?"

"아아. 생각보다 수련이 길어져서. 그보다 두 분은 또 대련 하시는 거야?"

강진혁의 기척을 느낀 듯 금일강이 몸을 돌리며 물었다. 그 에 강진혁이 두 사람을 눈짓으로 가리키며 말했다.

"예. 요새 바둑 두고 식사하시는 시간을 제외하면 항상 대 련을 하십니다."

"흐음. 정면대결은 곽 문주님이 많이 불리하실 텐데."

"어떻게 아셨어요?"

"특성이 완전히 다르니까. 게다가 대련의 경험은 검공 노사님이 곽 문주님과는 비교도 할 수 없을 정도로 높아."

강진혁의 말에 금일강이 곰곰이 생각에 잠겼다. 이렇게 말한 이유를 이해하기 위해서였다. 그러다가 이내 이유를 알아냈는지 눈을 빛내며 물었다.

"아, 곽 노사님은 금군의 총사범을 역임하셨다고 하셨죠?"

"그래. 거기다 십팔반무기에 모두 능하시지. 또한 박투술 역시 경지에 올라 계시고. 다만 검을 유독 잘 쓰시기에 검공(劍公)이라 불린 것뿐."

쾅!

강진혁의 말이 끝나기 무섭게 곽휴가 낭패한 기색으로 뒷걸음질 쳤다. 그런 그의 오른손에는 힘을 잃고 바닥에 널브러진 무영편이 잡혀 있었다.

"또 졌군."

"내 말했지 않은가. 이런 방식의 대련으로 승패를 논해선 안 된다고."

"하지만 진 거는 진 거지."

"아닐세. 자네가 모든 준비를 마치고 했다면 결과는 달랐을 것이네."

아쉬운 듯 고개를 젓는 곽휴를 향해 곽소산이 웃으며 말했다. 그러나 곽휴는 그런 곽소산의 말에도 굳은 얼굴을 펴지 못했다.

그의 말이 이해가 되지 않는 것은 아니었으나 어쨌든 진 것은 진 것이었기 때문이다.

"음?"

씁쓸한 기색으로 무영편을 회수하던 곽휴가 갑자기 강진혁이 있는 쪽으로 고개를 돌렸다. 그러더니 이내 눈을 껌뻑였다.

"나왔는가?"

"예."

"좋아 보이는군."

"약간의 성과가 있어서요."

강진혁의 말에 곽휴가 고개를 끄덕였다. 진심으로 축하하는 것이었다. 한데 그는 축하를 해준 후 눈을 빛냈다. 그러면서 은근한 어조로 말했다.

"회주."

"예, 곽 문주님."

"혹시 회주도 저 친구와 비무해 보았는가?"

곽휴가 기대감이 서린 눈빛으로 물어왔다. 하나 강진혁은 고개를 저었다. 곽소산이 풍산장에 머문 지 제법 시일이 지났지만 한 번도 겨루어본 적은 없었기 때문이다.

"그렇다면 잘됐군. 이참에 한 번 해보게나."

"저는 괜찮습니다."

"나 역시 괜찮네. 이 나이에 아이들에게 못난 꼴을 보이고 싶진 않거든."

"그게 무슨 말인가?"

말을 꺼냈던 곽휴가 눈을 동그랗게 뜨고서 옆으로 다가온 곽소산을 바라봤다. 그러자 곽소산이 의미심장하게 웃으며 대답했다.

"그야 내가 진다는 이야기지."

"해보지도 않고 어찌 아는가?"

"우리 정도 되면 얼추 보이지 않나. 물론 쉽게 지지는 않겠지만, 지는 건 변하지 않을 걸세. 더구나 나를 데리고 왔을 때보다 더 강해졌네."

곽휴가 강진혁을 물끄러미 바라봤다. 그러나 강진혁은 그의 눈빛에도 대답을 하지 않았다. 대신 묘한 미소만을 지어 보였다.

"저 보게. 부정을 안 하지 않나."

"흐으음. 예전에도 괴물이었건만."

"세상에 괴물이 너무 많아서요."

"회주만 한 괴물이 또 있는가?"

담담한 강진혁의 대답에 곽휴가 눈을 크게 떴다. 그러다가 무언가를 떠올린 듯 동공이 크게 확대되었다.

그 모습에서 강진혁은 그가 무슨 생각을 했는지 대충이나마 알 수 있었다. 하지만 그렇다고 그것을 입 밖에 꺼내진 않았다.

대신 연무장에 오르며 금일강에게 손짓했다. 그러자 금일강의 눈이 화등잔만 하게 커졌다.

강진혁의 손짓이 무엇을 의미하는지 금일강은 단박에 알아차렸던 것이다.

"지, 지금 하는 겁니까?"

"지난 삼 일간 약속을 지키지 못했으니까. 네 체력이 된다면 오늘까지 세 번의 대련을 해주마."

"세 번 다 채우겠습니다!"

금일강이 흥분한 기색으로 소리쳤다. 얼마나 흥분했는지 대연무장이 그의 음성으로 쩌렁쩌렁 울릴 정도였다. 하지만 금일강은 그것을 알지 못하는지 과도하게 눈을 빛내며 강진혁을 바라봤다.

"역시 젊어서 그런지 목청이 좋아."

"부럽구먼."

곁에 있다가 봉변을 당한 곽휴가 얼굴을 찡그리며 중얼거렸다. 하지만 곽소산은 반대로 전혀 개의치 않는 얼굴로 허허 웃었다.

그에게는 그저 금일강의 젊음이 부러울 따름이었던 것이다.

스윽.

"준비는 다 됐어?"

"예!"

"그럼 시작하마."

연무장의 중앙에서 이 장 정도의 거리를 두고 선 두 사람이 상대방을 지그시 바라봤다. 그러나 눈빛은 전혀 달랐다.

담담한 강진혁과 달리 금일강은 긴장한 기색이 역력했던 것이다.

"숨부터 내뱉어라. 처음도 아닌데 처음인 것처럼 긴장하느냐!"

"예엣!"

보다 못한 곽휴가 한심하다는 표정으로 일갈을 내질렀다. 그러자 순간적으로 깜짝 놀란 금일강이 퍼뜩 정신을 차리며 호흡을 가라앉혔다. 하지만 한 번 달아오른 흥분은 쉽사리 가라앉지 않았다.

"그러다가 한 번의 기회가 날아간다."

강진혁의 나지막한 음성에 금일강이 두 눈을 감았다. 그리고는 차분하게 심호흡을 했다. 그러자 격렬하게 두근거렸던 심장박동이 조금은 가라앉는 듯했다.

"후우우."

점차 가라앉는 심장박동을 느끼며 금일강이 깊은 날숨을 내쉬었다. 이윽고 눈을 뜬 금일강의 눈동자는 더 이상 흔들리지 않았다.

"이제 진짜 준비가 된 모양이군."

"예."

"그럼 가마."

투웅!

가벼운 발 구름 소리와 함께 강진혁의 신형이 쏜살같이 금일강을 향해 나아갔다. 그에 금일강이 번개 같은 손놀림으로 검을 뽑고는 강진혁을 향해 강하게 휘둘렀다.

쉬이익!

날카로운 파공음과 함께 금일강의 검극이 정확히 강진혁의 이마를 노렸다. 하나 이렇게 뻔히 보이는 공격에 당해줄 강진혁이 아니었다. 그렇기에 강진혁은 희미한 미소를 머금으며 고개를 우측으로 살짝 꺾었다. 그러자 금일강의 검이 빈 허공을 뚫었다.

"흐읍!"

그 모습에 금일강이 눈을 빛내며 검을 옆으로 뉘였다. 찌른 상태에서 그대로 휘두를 작정인 듯싶었다. 하지만 그러한 수도 이미 읽힌 뒤였다.

"너무 뻔하다."

"하지만 뻔한 공격일수록 피할 수 없게 만들라고 하셨죠!"

"그랬었지."

좌라라락!

강진혁의 대꾸가 끝나는 순간 금일강의 검이 변화를 일으켰다. 쾌속일변도였던 공세가 창졸간에 변검(變劍)과 환검(幻劍)으로 바뀌었다.

파파파팡!

수없이 많은 잔영을 일으킨 금일강의 검이 한여름에 쏟아져 내리는 폭우처럼 강진혁의 전신에 무자비하게 떨어졌다. 그러나 안타깝게도 금일강의 공격은 단 한 번도 강진혁을 맞추지 못했다.

거의 종이 한 장 차이로 강진혁의 육신을 빗겨갔던 것이다.

그 모습에 금일강이 아랫입술을 깨물었다. 동시에 단전에 고이 잠들어 있던 공력을 일으켰다.

우우우웅!

용솟음치듯이 숏구쳐 오른 그의 공력은 단숨에 검에 주입되며 화려한 금광을 토해냈다. 금룡명천진기(金龍明天眞氣)라 불리는 금가장 독문심법의 발현이었다. 하지만 그러한 변화에도 불구하고 금일강은 여전히 강진혁을 맞추지 못했다.

스스슥.

마치 미끄러지듯이 움직이는 강진혁의 신형을 따라잡는 것만으로도 그는 벅찼던 것이다.

"집중력이 떨어지는군."

강진혁이 냉정한 목소리로 입을 열었다. 그의 눈에는 미세하지만 흔들리는 금일강의 검극이 보였던 것이다.

"그럴 리가요!"

"그럼 이건 뭐지?"

따앙!

부정하는 금일강을 향해 강진혁이 씨익 웃었다. 그러면서 그는 좌수를 느릿하게 움직여 금일강의 검면을 가볍게 후려 쳤다.

"허엇!"

언뜻 보기에 가벼워 보이는 일수였으나 그 안에는 거력이 담겨 있었다. 때문에 금일강이 헛바람을 들이키며 뒷걸음질 쳤다.

이 한 번의 격돌로 인해 그는 중심을 잃은 것이다.

"물러날 때에도 긴장을 하라고 말했을 텐데."

파앗!

강진혁이 창졸간에 간격을 좁혔다. 그리고는 물러나는 금 일강의 발목을 향해 정확히 다리를 걸었다.

쿵!

"으억!"

보고도 반응할 수 없는 강진혁의 공격에 금일강은 무기력 하게 당하며 바닥에 고꾸라졌다. 그러나 이게 끝이 아니었다. 강진혁과의 대련은 쓰러졌다고 해서 끝나는 것이 아니었기 때문이다.

후우웅!

묵직한 파공음이 귓전으로 파고들자 금일강이 번개같이 몸을 일으키고는 땅을 박찼다. 그러자 그가 방금 전까지 있던 자리를 휩쓸고 지나가는 길쭉한 다리가 보였다.

"꿀꺽!"

지면을 스치듯이 휩쓸고 지나가는 다리가 뿌려대는 경력을 느낀 금일강이 마른침을 꿀꺽 삼켰다.

만약 저거에 맞았으면 어찌 되었을지가 뇌리에 선하게 그려졌던 것이다.

"삼 일 사이에 반응속도가 많이 좋아졌는데. 난 이걸로 한 번은 끝날 줄 알았는데."

공격에 실패한 강진혁이 얼굴 가득 의외라는 표정을 지으며 말했다. 그는 정말로 이번에 끝을 내려고 했었기 때문이다.

"하하하……."

"뭐, 대련의 성과가 조금씩 나타나니 나는 좋긴 하다만."

"근데 힘을 너무 쓰시는 거 아닙니까?"

"난 아직 내공은 쓰지도 않았는데?"

"예?"

금일강이 그게 무슨 소리냐는 듯이 반문했다. 그러자 강진혁이 의미심장한 미소를 지으며 대답했다.

"아직 내공은 사용하지 않고 있다고. 금룡명천진기를 일으킨 너와는 달리."

"하지만 방금 전의 일격은……."

금일강이 여전히 믿기 힘들다는 어조로 말했다. 그에 강진혁이 별거 아니라는 듯이 대꾸했다.

"육체의 능력을 극한으로 끌어올리면 그 정도의 힘은 충분
히 낼 수 있다. 물론 넌 힘들겠지만. 말이 길어졌군. 다시 시
작하지."

스윽!

말을 마친 강진혁이 우수를 쭉 내밀었다. 그러자 그의 손이
공간을 뛰어넘듯이 금일강의 멱살을 채갔다.

"흡!"

그에 금일강이 화들짝 놀라며 다급히 목을 뒤로 뺐다. 하지
만 그런 노력에도 불구하고 그는 강진혁의 손아귀에서 벗어
나지 못했다.

그가 목을 뒤로 뺀 것보다 더 빨리 강진혁이 움직였기 때문
이다.

쿠웅!

결국 멱살을 잡힌 금일강은 그대로 맨 땅에 메다꽂혔다. 그
것도 강진혁의 한 손에 붙잡혀서 말이다.

"크헉!"

뒷목부터 시작하여 등을 가르고 엉덩이로 이어지는 충격
의 파도에 금일강은 신음이 절로 흘러나왔다. 그리고 그것이
그의 뇌리에 남은 마지막 기억이었다.

털썩!

금일강의 몸이 축 늘어졌다. 단 한 번의 고통으로 인해 기
절한 것이었다.

“이것으로 한 번.”

그 모습을 보며 강진혁은 손을 털면서 웃었다. 그러자 멀찍이서 구경하던 곽휴와 곽소산이 고개를 주억거렸다. 역시나 예상된 결과가 나와서였다.

결과적으로 금일강은 세 번을 다 채우지 못했다. 두 번째 대련에서 체력과 내력이 모두 소진되어 대련을 하고 싶어도 할 수가 없었기 때문이다.

반면에 강진혁은 조금도 지치지 않았다. 내공은 일체 사용하지 않았고, 체력의 소모도 극히 적었다. 때문에 지칠 이유가 전혀 없었다. 그래서 탈진한 금일강을 처소에 데려다주고는 다시 나와 심운혜가 머물고 있는 전각으로 향했다.

그동안 일이 바빠 제대로 대화조차 나누지 못했기에 이참에 만나서 인사나 할 생각이었다.

“저희는 이만 가보겠습니다!”

“오늘도 고생하셨어요, 선생님!”

“그래. 모두 조심히 가렴.”

“예엣!”

약선각(藥仙閣)이라는 편액이 달린 곳에서 대여섯 명의 아이가 우르르 몰려나와 배웅하는 여인을 향해 배꼽인사를 했다. 그러자 인사를 받은 여인이 부드러운 미소를 지어 보이며 손을 흔들었다. 아이들의 모습이 보이지 않을 때까지.

그 모습을 가만히 지켜보던 강진혁은 아이들이 보이지 않을 때가 돼서야 발걸음을 옮겼다.

"어머, 강 회주님."

"너무 오랜만이죠?"

갑작스레 등장한 강진혁을 향해 심운혜가 깜짝 놀란 표정을 지었다. 하지만 그녀는 이내 쌜쭉한 표정으로 강진혁을 바라봤다.

"그건 아시나 봐요?"

"하하하. 그래서 이렇게 찾아오지 않았습니까."

"마음 같아서는 당장 내쫓고 싶은데 장주님이니 그럴 순 없겠죠?"

"물론이죠."

강진혁은 심운혜의 장난에 장단을 맞춰주며 싱긋 웃었다. 그러자 웃는 얼굴에 침 못 뱉는다는 말처럼 심운혜가 어쩔 수 없다는 표정을 지으며 몸을 돌렸다.

"들어오세요."

생각보다 쉽게 허락을 받은 강진혁은 냉큼 그녀를 따라 약선각 안으로 들어갔다. 그러자 가장 먼저 알싸한 약향과 약초 냄새가 진하게 풍겨왔다.

"약선곡에서 맡았던 냄새와 상당히 비슷한데요?"

"그야 당연하지요. 최대한 비슷하게 꾸몄으니까요."

왠지 모르게 친숙하면서도 익숙한 냄새에 강진혁이 궁금하다는 듯이 묻자 심운혜가 빙긋 웃으며 대답했다. 그리고는 이내 응접실로 들어가 자리를 권했다.

"드세요."

"감사합니다."

익숙하게 다기를 꺼내어 약차를 우려낸 심운혜가 강진혁의 찻잔에 차를 따라주고는 자리에 앉았다. 그리고는 그를 지그시 바라봤다.

"저에게 하실 말씀이 있으신가요?"

담담하지만 이상하게도 강렬하게 느껴지는 그녀의 시선에 강진혁이 약차를 한 모금 들이켠 후에 입을 열었다. 하지만 그런 강진혁의 물음에도 불구하고 심운혜는 그저 싱긋 웃기만 했다.

"아이들을 가르치시는 건 어떠신가요?"

대답이 없는 심운혜를 멀뚱히 바라보던 강진혁이 결국 화제를 돌렸다. 이 침묵이 오래가는 걸 그는 원치 않았기 때문이다. 그런데 다행히 심운혜가 입을 열었다.

"재미있어요. 약선곡에서 환자를 치료하는 일도 보람찼지만, 가르치는 일도 그 못지않은 것 같아요. 그리고 귀여운 아이들을 보고 있자면 온몸에 활력이 돌기도 하고요."

"오히려 힘을 얻는 모양이시네요."

"그런 것 같아요."

똘망똘망한 아이들을 떠올리는 것만으로도 기분이 좋아지는지 심운혜는 따스하면서도 포근한 미소를 얼굴 가득 지었다. 그러면서 반짝이는 눈으로 강진혁을 바라봤다.

"그리고 한편으로는 대단하다는 생각이 들어요."

"어떤 게 말씀이십니까?"

"이런 일을 계획하고 실행하는 점이요."

"흠. 저는 단지 큰 그림을 그렸을 뿐입니다. 세세한 그림들은 다 다른 사람들이 그렸지요."

강진혁은 존경한다는 듯한 눈빛을 보내오는 심운혜의 시선을 피하며 대답했다. 은근슬쩍 부담스러워하는 기색을 내비친 것이다. 하지만 그녀는 그럼에도 초롱초롱한 눈빛을 거두지 않았다.

"하지만 강 회주님이 큰 그림을 그리지 않았다면, 마음을 먹지 않았다면 호풍회는 존재하지 않았겠지요. 안 그런가요?"

"그렇다고 할 수 있지요."

강진혁은 인정했다. 여기서 아니라고 하면 그게 더 이상했기 때문이다. 그래서 강진혁은 미약하게 고개를 끄덕였다.

"저는 그게 대단하다는 거예요. 물론 항상 겸손한 모습도 좋아하고요."

"겸손하다라. 그건 좀 아닌 거 같습니다."

강진혁이 실소를 흘렸다. 암만 생각해 봐도 자신과 겸손함은 거리가 좀 있었기 때문이다.

스스로 판단하기에도 약간은 까칠한 성격이라고 생각하기

에 강진혁은 고개를 저었다.

"왜 그렇게 생각하세요?"

"전 겸손한 것보다는 까칠한 쪽이 맞는 거 같아서요."

"하긴. 그것도 틀린 말은 아니네요."

심운혜가 순순히 인정했다. 그녀가 보기에도 강진혁의 성격은 약간 까칠했다. 거기다 말수도 적은 편이었고. 하지만 그렇다고 해서 매력이 없는 것은 아니었다. 오히려 말수가 적었기에 과묵하면서도 진중한 매력이 있었다. 또한 생각도 상당히 깊었고 말이다.

'그러고 보니 이제 스물다섯 살이 머지않았네.'

원단이 지났으니 그녀도 이제 곧 있으면 스물다섯 살이 되었다. 그렇다는 말은 이제 확실한 노처녀가 되었다는 말과도 같았다.

거기까지 생각이 닿자 심운혜는 갑자기 한숨이 나왔다. 이유는 알 수 없지만 이상하게 한숨이 나왔던 것이다.

"왜 그러십니까?"

"아, 아니에요. 그런데 강 회주님은 생일이 언제세요?"

"생일 말씀이십니까."

"네."

강진혁이 미간을 살짝 좁혔다. 뜬금없이 생일을 묻는 그녀의 저의가 무엇인지 짐작이 가지 않아서였다. 하지만 고민은 짧았다.

별것도 아닌 것 가지고 고민할 필요는 없다고 생각해서였다.

"사 일 전이었습니다."

"그럼 지났어요?"

"예. 사 일 전에 스물아홉 살이 되었지요."

나이를 거론하니 다시금 쓸쓸함이 올라왔다. 이유를 알 수 없는 쓸쓸함이 갑자기 가슴속에서 치솟았던 것이다. 하지만 심운혜는 그런 강진혁의 표정을 보고 있지 않았다.

대신 자리에서 벌떡 일어나 강진혁의 손을 잡았다.

"왜 말도 안 했어요?"

"말해야 합니까?"

"물론이지요! 생일은 일 년에 단 한 번뿐인 날이니까요!"

심운혜는 마치 자신의 생일이 지나간 것처럼 아쉬워하며 강진혁을 이끌었다. 그리고는 곧바로 자하가 있는 곳으로 걸음을 옮겼다.

잠시 후 풍산장이 시끄러워졌다. 강진혁의 생일이 불과 나흘 전에 지났다는 소식에 모두가 부산을 떨었던 것이다.

그 결과 강진혁은 저녁에 뜻하지 않은 생일연을 열어야만 했다.

'이게 아닌데……'

강진혁은 갑자기 생일연에 열을 올리는 사람들을 보며 손으로 이마를 덮었다. 그는 단지 심운혜에게 찾아가 불편한 것

은 없는지, 필요한 것이 있는지를 묻고자 했었다. 한데 일이
그의 의도와는 전혀 다른 이상한 방향으로 흘러가 버렸다.

그날 저녁. 강진혁은 풍산장의 연회장에서 찾아오는 손님
들을 응대하고 있었다. 가장 먼저 화운루의 주인인 야화여제
여송하가 모습을 드러냈고, 그 뒤로 철마표국주 고형우가 가
족과 함께 풍산장에 방문했다.

마지막으로 고아원의 원장과 아이들이 찾아오는 것으로
방문객은 끝이 났다. 강진혁은 그제야 숨을 돌릴 수 있었다.

"죄송합니다. 수하인 제가 먼저 주군의 생일을 알고 있어
야 하는데."

손님 접대를 마치고 잠시 숨을 고르고 있는데 위지명이 다
가와 송구하다는 음성으로 입을 열었다. 그에 강진혁이 손을
저었다.

"됐어. 나도 명이의 생일을 모르는데. 아, 이참에 사람들의
생일들을 알아봐. 이렇게 된 이상 다른 사람들의 생일도 챙겨
야겠어."

"그리하겠습니다."

강진혁은 생각난 김에 다른 사람들의 생일을 챙기기로 했
다. 사소해서 그냥 지나치기 쉬운 생일을 그라도 챙기기로 마
음먹은 것이다. 그런데 그때 여송하가 다가왔다.

"여기서 뭐하세요?"

"아, 숨 좀 고르고 있었습니다."

"이리로 오세요. 다들 기다리고 있으니까요."

"예?"

갑자기 팔을 잡아끄는 여송하의 행동에 강진혁이 두 눈을 동그랗게 떴다. 하지만 그녀는 설명을 해주는 대신 싱긋 웃으며 강진혁을 이끌었다. 이윽고 강진혁은 사람들이 모여 있는 연회장 안쪽에 도착했다.

"자, 주인공이 오셨습니다. 모두 환영해 주세요!"

"생일 축하드립니다, 장주님!"

"스물아홉 번째 생일을 축하하네."

"노총각 되신 거 축하드립니다!"

"축하드려요, 아저씨!"

여송하에게 끌려온 강진혁은 사방에서 들려오는 축하 인사에 정신을 차릴 수가 없었다. 모두가 동시에 입을 여니 가뜩이나 오감이 민감한 그로서는 죽을 맛이었던 것이다. 하지만 한편으로는 기분이 묘했다.

이렇게 많은 사람에게 생일 축하를 받은 적은 처음이었기 때문이다.

스윽.

"모두 감사합니다."

축하 인사가 어느 정도 끝나가자 강진혁은 사람들을 향해 정중히 고개를 숙여 보였다. 나름대로 답례를 한 것이다.

“그럼 이제 선물을 받으셔야죠?”

“선물이요?”

“네! 생일연에 선물이 빠질 수는 없으니까요!”

자신의 생일도 아닌데 이상하게 혼자 신난 여송하가 얼굴 가득 웃음기를 머금고서 강진혁에게 다가왔다. 그러더니 근처에 있던 춘혜를 향해 손을 벌렸다.

스윽.

춘혜가 품에 안고 있던 조그만 상자를 조심스레 여송하에게 건넸다. 그것을 그녀는 강진혁을 향해 내밀었다.

“받으세요.”

“감사합니다.”

여송하의 눈빛과 표정으로 보건만 받지 않으면 계속 서 있을 게 분명해 보였기에 강진혁은 별다른 말을 하지 않고 그냥 받았다. 그러자 여송하가 환한 웃음을 머금었다.

아무것도 묻지 않고 받아주자 기분이 좋아진 것이었다.

“제 선물도 받아주세요.”

“예.”

“저희도요!”

여송하에 이어 자하와 춘혜, 하선, 추려, 동설의 선물이 이어졌다. 그뿐만 아니라 금일강과 심운혜도 강진혁에게 선물을 건넸다. 그러자 강진혁의 주위에는 어느새 선물이 작은 동산만큼 쌓였다.

고사리 같은 손으로 선물을 내미는 아이들의 것까지 받으니 그 양이 적지 않았던 것이다. 그리고 그에 비례하여 강진혁의 마음도 풍족해져 갔다.

"자, 이제 마음껏 먹자!"

"예!"

"우와!"

선물을 모두 받은 강진혁이 아이들을 향해 밝게 웃으며 소리치자 이내 연회장 안이 떠들썩해졌다.

각 탁자마자 푸짐하게 쌓여 있는 음식을 드디어 먹을 수 있었기 때문이다.

고아원의 아이들은 물론이고 위지명이 따로 데려온 아이들은 너나 할 거 없이 삼삼오오 모여 음식을 먹기 시작했다. 특히 몇몇은 아예 씹지도 않고 무조건 삼키기부터 했다.

그 모습에 자하를 비롯한 네 명의 시비와 심운혜가 쉬지 않고 돌아다니며 아이들의 상태를 살폈다.

"자자, 우리 같은 노인네들은 저기 구석에 가서 한잔하자고."

"흠. 구경도 하면서 말이지?"

"바로 그렇지."

그러는 사이 곽휴와 곽소산은 술병을 들고서 한적한 구석으로 가 앉았다. 아이들의 방해 없이 술을 음미하기 위해서였다.

“음?”

위지명이 금일강과 함께 고형우와 대화를 나누고 여송하가 고아원장과 웃으며 담소를 주고받는 모습을 보던 강진혁이 어느 한 곳을 보고는 입가에 미소를 지었다.

혼자 덩그러니 앉아 있는 악소호의 모습에 웃음이 절로 나왔던 것이다.

“혼자 뭐해?”

“아, 그냥 앉아 있었어요.”

“생활은 어때?”

“다 좋아요. 재미도 있고요.”

강진혁은 악소호의 앞에 앉아 물었다. 그러자 악소호가 싱긋 웃으며 대답했다. 얼굴에 구김이 없는 것으로 보아 다행히 사람들이 잘 대해주는 것 같았다.

“요새 십영들과 대련을 한다면서?”

“예. 제 실전 경험이 턱없이 부족하다고 곽 문주님께서 십영 아저씨들과 대련하라고 해서요.”

“해보니까 어때?”

“힘들어요.”

이번만큼은 웃기 힘든 모양인지 악소호가 한숨을 푸욱 내쉬었다. 그 모습에서 그간의 고난이 절절히 느껴졌다. 하지만 지금의 과정이 악소호에게 꼭 필요한 과정이기에 강진혁은 악소호를 달래기보다는 어깨를 두드려 주었다.

“힘내라.”

“그래야겠죠?”

“물론. 강해지고 싶지 않다면 포기해도 되고.”

강진혁은 동기 부여가 될 수 있는 말을 했다. 그러자 과연 효과가 있는 모양인지 악소호의 눈동자에 빛이 서렸다.

“전 강해질 거예요. 꼭 그래야 해요!”

“그래. 그래야 산동악가의 소가주지.”

주먹을 불끈 쥐며 소리치는 악소호의 모습에 강진혁이 씨익 웃으며 머리를 쓰다듬어 주었다. 하지만 그게 싫은지 악소호가 머리를 슬쩍 내뺐다.

“무슨 대화를 그렇게 재미있게 하세요?”

“이런저런 얘기. 그보다 고생 많았어.”

“아니에요. 저도 즐거웠는데요.”

“그렇다면 다행이고.”

강진혁은 어느새 다가와 있는 자하를 향해 웃어 보이고는 악소호의 이마에 꿀밤을 때렸다. 그러자 자하를 넋 놓고 보고 있던 악소호가 화들짝 놀라며 얼굴을 푹 숙였다.

뒤늦게 자신이 자하를 뚫어져라 쳐다봤음을 자각한 것이다.

“호호호!”

그 모습이 귀여운 모양인지 자하가 손으로 입을 가리며 조신하게 웃었다. 하지만 그럴수록 악소호는 고개를 들지 못했다. 민망함에 얼굴이 붉어졌던 것이다.

"여기 계셨네요."

"고생 많았어요, 심 소저."

"아니에요."

자하에 이어 심운혜도 강진혁을 찾아왔다. 그로 인해 혼자만 있던 악소호의 탁자에 세 명이 늘어났다. 그러자 악소호의 입이 귀에 걸렸다.

자하만 해도 아름답기 그지없는데 여기에 심운혜까지 추가되자 눈을 어디에 둬야 할지 알 수가 없었던 것이다.

결국 악소호는 헤벌쭉한 얼굴로 연신 자하와 심운혜를 번갈아 바라봤다.

"너 목 나가겠다."

"예?"

"이젠 말귀까지 못 알아듣네."

아닌 척하면서도 은근슬쩍 자하와 심운혜를 번갈아 바라보는 악소호의 모습에 강진혁이 혀를 찼다.

이제 열다섯 살이 되어가는 악소호가 벌써부터 여자를 밝히니 산동악가의 미래가 언뜻 보였던 것이다.

"이해하세요. 지금 나이가 가장 이성에 대해 호기심이 왕성할 나이니까요."

"그런가?"

"네."

"하긴. 그랬던 것도 같군."

자하의 말에 강진혁이 고개를 끄덕였다. 자신의 과거를 되새겨 보니 그리 틀린 말은 아닌 것 같아서였다.

그 역시 어렸을 적에는 예쁘다 하는 여자들 뒤꽁무니를 많이 따라다녔었다. 옆 마을에 어여쁜 처녀가 있다고 하면 친구들과 같이 우르르 몰려다니기도 했었고.

"예전 생각하세요?"

"어떻게 알았어?"

"가끔 친우 분들을 생각할 때 짓는 표정이거든요. 지금 회주님이 짓고 있는 표정이요."

자하가 생글거리는 표정으로 말했다. 그러자 악소호의 표정이 눈에 띄게 어두워졌다. 나이차가 열 살이나 나는 심운혜보단 얼마 나지 않는 자하를 내심 마음에 두고 있었는데 지금 보니 그녀는 강진혁에게 관심이 있는 듯해 보였다. 그래서 악소호는 시무룩한 표정으로 고개를 푹 숙였다.

"그건 또 언제 봤어?"

"우연히 몇 번이요. 그런데 장주님."

"왜?"

슬슬 허기가 지는 모양인지 젓가락을 들던 강진혁이 자하를 바라봤다. 그에 자하가 눈을 빛내며 말했다.

"어렸을 적 얘기 좀 해주세요."

"그건 왜?"

"궁금해서요. 어린 시절에 장주님이 어떻게 자랐는지가
요."

"저도 궁금해요, 장주님."

자하의 말이 끝나기 무섭게 심운혜도 눈을 초롱초롱하게
빛내며 입을 열었다. 그러한 두 사람의 모습에 강진혁이 미간
을 살짝 좁혔다.

갑자기 어린 시절을 묻는 이유가 의아해서였다. 하지만 두
여인은 그것에 대해서는 일절 말하지 않고 독촉하듯 그를 바
라보기만 했다.

"별거 없었어. 그냥 치고받고, 사고 치면서 자랐지. 부모님
이 계시지 않았기에 비슷한 처지의 친구들이랑 어울리면서
말이야. 그러다가 운명처럼 사부를 만나서 무공을 익히고 신
풍의 맥을 이었지."

"십이 년 동안 무공을 익히셨다고 하셨죠?"

"그랬었지."

자하의 물음에 한창 수련하던 때가 떠오른 모양인지 강진
혁이 아련한 표정을 지었다. 죽을 만큼 힘들었지만 이제는 지
난 일이었기에 추억이라 부를 수 있었다. 그리고 그러한 시절
이 있었기에 지금의 그가 있을 수 있었다. 때문에 강진혁은
웃었다.

"힘드셨나 봐요."

"많이. 정말 죽고 싶을 만큼 힘들었었지. 그러니까 힘들다

고 무너지지 마라. 무인이라면 누구나 다 겪는 일이니까. 응?"

진지한 음성으로 격려해 주던 강진혁이 헛웃음을 흘렸다. 나름 진지하게 조언을 해주었건만 악소호는 그의 음성을 전혀 듣고 있지 않았다. 그저 넋을 놓고 자하만 멍하니 바라보고 있었다.

그 모습에 강진혁은 고개를 절레절레 저었다.

"악 공자님, 정신 차리세요!"

"예?"

"침 떨어지겠다."

"흐읍!"

강진혁을 따라 악소호를 본 자하가 싱긋 웃으며 소리쳤다. 그러자 악소호가 퍼뜩 놀란 표정으로 눈을 껌뻑거렸다. 그리고는 번개 같은 움직임으로 입가를 훔쳤다.

놀라면서도 용케 강진혁의 음성을 들은 것이다.

"아무래도 수련의 강도를 좀 더 높여야겠군."

"그게 무슨 말씀이세요?"

"가장 중요한 시기에 여자에 빠져 있으니 하는 소리다."

"그, 그런 게 아니라……."

"시끄럽고. 내일부터 각오해라. 십영들에게 말해 놓을 터이니."

강진혁의 단호한 음성에 악소호의 표정이 해쓱하게 변했

다. 하지만 강진혁은 그런 악소호의 변화에도 말을 번복하지
않았다.

　나태해진 만큼 강하게 옥죌 필요가 있었기 때문이다. 게다
가 악소호는 앞으로 할 일이 태산처럼 많았다.

　현재 산동악가의 위세가 많이 복구되었다고는 하나, 과거
의 찬란했던 영광과 비교하면 턱없이 부족했다. 그렇기에 악
소호의 성장이 무엇보다 중요했다.

　후대인 그가 악만기보다 강해져야만 다시금 과거의 영광
을 이룩할 수 있었으므로.

第四十七章
동정호행(洞庭湖行)

　생일연을 마친 다음 날 강진혁은 위지명, 악소호와 함께 풍산장을 나섰다. 구마성의 일인이 동정호에 있다는 소식을 접하고는 곧바로 길을 나섰던 것이다.

　물론 아침 일찍 나서지는 못했다. 어디서 그 말을 전해들은 것인지 곽휴와 금일강이 따라가겠다고 나섰기 때문이다. 하지만 많은 인원이 가면 은밀함이 사라지기에 강진혁은 일언지하에 두 사람의 합류를 반대했다. 그리고는 간소하게 인원을 꾸려 출발했다.

　"저기, 장주님."

　"왜?"

"괜찮겠죠?"

옆에서 나란히 말을 몰던 악소호가 사뭇 긴장된 얼굴로 말을 걸어왔다. 그에 강진혁이 고개를 돌려 악소호를 쳐다봤다.

"뭐가?"

"지금 장강수로채에 가는 거잖아요. 그것도 거기 숨어 있는 구마성의 한 사람을 잡기 위해서요."

"숨어 있다는 것만 빼고는 다 맞아."

이제는 말을 타는 게 익숙해진 강진혁이 나른한 표정으로 악소호의 말을 정정해 주었다. 하지만 악소호는 그게 중요한 게 아니라는 듯이 눈을 크게 떴다.

"근데 이렇게 셋만 가는 거예요?"

"부족해 보여?"

"당연히 부족하지요. 장강수로채에 속해 있는 수채 중에서 상위 십팔 채는 웬만한 군소방파 저리 가라 할 정도로 인원이 많다고요!"

평소에는 철두철미해 보이던 강진혁이 오늘따라 어리바리해 보였다. 그래서 악소호는 자신도 모르게 큰소리를 치고 말았다.

찌릿!

그 소리에 반대쪽에 있던 위지명이 악소호를 노려봤다. 친한 것은 좋지만 선을 넘는 것은 용납할 수 없었다. 그렇기에 위지명은 싸늘한 눈빛으로 악소호를 바라봤다. 그러자 악소호가 그의 시선을 느꼈는지 몸을 움찔거렸다.

"그래서 겁나냐?"

"그게, 그러니까……."

"두려움을 인정하는 것 또한 용기다. 두렵다면 두렵다고 말해라. 그게 남자니까."

"…두려워요."

악소호가 개미 목소리만 한 작은 목소리로 웅얼대듯이 중얼거렸다. 그에 강진혁이 말을 이었다.

"무엇이?"

"죽을지도 모르잖아요."

"악 가주님은 네가 죽어도 괜찮다고 하셨는데?"

"장난칠 기분 아니거든요."

심각해졌던 분위기가 강진혁의 농담으로 인해 일순간에 경박해졌다. 그러자 악소호가 눈살을 찌푸리며 강진혁을 노려봤다. 하지만 강진혁은 그러한 악소호의 시선에도 불구하고 입가에 미소를 띠었다.

"난 장난으로 말한 거 아닌데?"

"혹시 어제 있었던 일 때문에 그런 거예요?"

악소호가 두 눈을 게슴츠레하게 뜨고서 강진혁을 바라봤다. 그러나 강진혁은 피식 웃기만 할 뿐 대답을 하지 않았다.

대신 두 눈을 빛내며 반문했다.

“무슨 일?”

“진짜 모르고 묻는 거예요?”

“아, 어제 네가 자하 총관을 음흉하게 바라보던 일?”

강진혁이 능글맞게 웃으며 말하자 악소호의 얼굴이 순식간에 달아올랐다. 이렇게 직설적으로 말을 하니 순간적으로 표정 관리가 되지 않은 것이다.

그 모습에 강진혁은 더욱더 짙은 미소를 지었다.

“아니면 심 소저와 저울질하던 모습?”

“저울질하지 않았거든요!”

이어지는 두 번째 말에 악소호가 발끈했다. 더 이상은 참을 수가 없었던 것이다. 하지만 악소호는 소리치고서 혼자 화들짝 놀랐다.

지금의 행동으로 인해 자신의 속마음을 완전히 드러냈기 때문이었다.

그것을 강진혁 역시 알아차렸는지 묘한 미소를 짓고 있었다.

“역시 자하였군. 하긴 나이대가 자하 쪽이 그나마 할 만하긴 하지. 안 그래, 명아?”

“헛된 바람은 시작조차 하지 않는 게 이롭습니다.”

“현실적인 조언이로군.”

짧고 강렬한 위지명의 대답에 강진혁은 고개를 끄덕였다. 그가 생각하기에도 위지명의 말이 맞았기 때문이다. 하지만 악소호는 그렇게 생각하지 않는지 이를 앙다물었다. 그러자 양 볼에 근육이 툭 하니 튀어나왔다.

"왜 안 된다고 생각하시는 거죠?!"

악소호가 목에 힘을 잔뜩 주고 물었다. 그 모습에서 강진혁과 위지명의 말에 동의하지 못하겠다는 의지가 분명하게 느껴졌다.

"그럼 넌 왜 된다고 생각하지?"

"예?"

당연히 반박하는 말이 나올 줄 알았던 악소호는 강진혁의 반문에 얼빠진 표정을 지었다. 대비하지 못한 질문이었기에 말이 나오는데 시간이 제법 걸리는 것이었다.

이윽고 생각을 정리한 악소호가 이글이글 타오르는 눈빛으로 입을 열었다.

"그거야 아직 모르는 일이니까요! 지금은 회주님께 호감을 가지고 있지만, 후일은 아무도 모르는 거니까요."

"자신감이 넘치는군. 좋아. 바로 그 자세다."

"예?"

갑자기, 그것도 뜬금없이 화제가 전환되는 것 같은 느낌에 악소호가 또 다시 멍한 표정을 지었다.

강진혁은 그런 그에게 웃으며 말을 이었다.

"이젠 두려움이 좀 가시느냐?"

"…일부러 자 소저 얘기를 하신 거였어요?"

　이제야 모든 상황이 이해가 된 모양인지 악소호가 눈을 껌
뻑거리며 물었다.
　"그래. 그리고 덧붙여 생존의지를 불러일으키기 위해서 자
하 얘기를 꺼냈다."
　"생존의지요?"
　"살아남아야 자하에게 연모지정을 고백이라도 할 수 있을
테니까."
　"으음!"
　위지명이 냉정할 정도로 현실적인 조언을 해주었다면 강
진혁은 보다 감성적인 부분에서 조언을 해주었다. 그리고 그
것은 즉각적인 효과를 보았다.
　조금 전까지만 해도 두려움에 벌벌 떨었던 악소호의 두 눈
에 힘이 서리기 시작했던 것이다.
　"한마디를 더 해주자면, 원하는 여자를 얻고 싶으면 그만
큼의 능력을 갖추어야 한다. 그렇지 않으면 네가 아무리 좋아
해 봤자 소용없다. 무능력한 남자에게 반할 여자는 세상 어디
에도 없으니까."
　"명심하겠습니다."
　"그러니 죽을힘을 다해 수련해라. 재수없으면 진짜 죽을지
도 모르니까."
　"갑자기 너무 무성의해지는데요."
　잘 가다가 마지막에 삐끗하는 강진혁의 말에 악소호가 실

소를 흘렸다. 하지만 그는 몰랐다. 강진혁의 조언으로 인해
몸의 떨림이 어느 순간 멎었다는 사실을 말이다.

＊　　　＊　　　＊

　강진혁 일행은 남경에서 배를 탔다. 아무래도 육로로 가는
것보다는 배를 타고 가는 게 시간이 더욱 단축되었기 때문이
다.
　안휘성과 호북성을 지나 호남성에 위치한 동정호에 무려
보름 만에 도착한 강진혁 일행은 선착장에 내려서자마자 숨
을 크게 들이쉬었다.
　특히 악소호는 땅바닥에 뽀뽀라도 할 것처럼 주저앉았다.
　"크허헉! 드디어 육지다! 육지야!"
　배를 처음 타본 악소호에게 지난 보름은 그야말로 지옥과
도 같았다. 출렁이는 배의 움직임에 따라 그의 오장육부 역
시 울렁거렸기에 쉬어도 쉬는 게 아니었다. 그렇기에 악소호
는 그 어느 때보다 감격한 표정으로 땅의 냄새를 물씬 들이
켰다.
　"바보 같은 짓은 그만하고 얼른 일어나라. 밥 먹으러 가야
지."
　악소호에 이어 배에서 내린 강진혁은 어느새 중천에 떠 있
는 태양을 바라보며 말했다. 그러나 악소호는 강진혁의 말을

듣지 못한 것인지 여전히 쭈그리고 앉아 있기만 했다.

"일어나라."

"옙! 형님!"

그 모습에 강진혁을 따라 배에서 내린 위지명이 차가운 목소리로 말했다. 그러자 악소호는 마치 경기라도 일으키는 것처럼 자리에서 벌떡 일어났다.

그런 악소호를 보며 강진혁은 피식 웃었다.

"나도 무섭게 잡아야 하나."

"아, 안 그러서도 되는데요."

의젓했던 첫인상과는 달리 시간이 갈수록 가벼워지고 덜렁거리는 모습에 강진혁이 심각하게 고민하는 투로 말했다. 그러자 악소호가 손사래를 치며 극구 말렸다.

위지명만 해도 눈치 보느라 힘든데 거기에 강진혁까지 추가되면 정말 피가 마를 것 같아서였다.

"그럼 알아서 잘해야지. 안 그래?"

"예, 예."

어르고 달래는 것처럼 보였지만 강진혁의 음성에는 경고의 뜻이 분명하게 담겨 있었다. 그렇기에 악소호는 고분고분한 어조로 대답하며 고개를 숙였다.

"이만 가자. 동정호에 왔으니 구경도 좀 해봐야지."

"여기서부터는 길을 아니 제가 앞장서겠습니다."

"부탁해."

동정호가 있는 악양은 초행이기에 강진혁은 두말없이 위지명의 안내에 따랐다. 자고로 길이란 아는 사람을 따라 걷는 게 가장 편했기 때문이다.

한 식경 후 강진혁은 엄청난 사람들로 바글바글거리는 시전에 도착할 수 있었다. 아마도 명승지로 이름 난 동정호를 보기 위해 중원 각지에서 온 여행자들이거나 행락객들인 듯싶었다.

강진혁은 각양각색의 복색을 하고 있는 사람들을 가볍게 훑어보다가 멈춰 서 있는 위지명을 바라봤다.

"우선 숙소부터 잡겠습니다. 그런 다음에 식사를 하시지요."

"그렇게 해."

강진혁의 허락이 떨어지자 위지명은 입을 쩍 벌리고서 사람 구경하기에 여념이 없는 악소호의 귀를 잡았다. 그러자 악소호가 뾰족한 비명을 질렀다.

"악!"

"정신 차리고 따라와라. 나와 주군을 놓쳐 버리면 그냥 두고 갈 거니까."

"……예."

쌀쌀맞은 위지명의 말에 악소호는 기가 살짝 죽은 모습으로 그와 강진혁의 뒤를 터벅터벅 뒤따라갔다.

잠시 후 악소호는 제법 호화스러워 보이는 오층 전각 앞에

섰다.

“저희 오향객잔에 오신 것을 환영합니다!”

“방은 있나?”

문 앞에 들어서기 무섭게 귀신같이 나타나는 점소이를 향해 위지명이 무뚝뚝하게 물었다. 그러자 점소이가 눈을 빛내며 당연하다는 듯이 고개를 끄덕였다.

“물론 있지요. 그런데 일행은 세 분이 전부이십니까?”

“그래. 방은 넉넉하게 사인실로 주고. 식사도 간단하게 준비해 주도록. 목욕을 할 동안 준비를 하면 될 거다.”

“음식은 어떤 것으로 준비해 놓을까요?”

이것저것 묻지 않고 시원스럽게 주문을 하는 게 마음에 드는 듯 점소이가 열심히 고개를 끄덕이며 물었다. 그에 위지명이 조금도 고민하지 않고 대꾸했다.

“적당한 것으로 내오도록. 세 명이 먹을 수 있는 양으로.”

“술은 어떻게 할까요?”

“됐다. 차나 준비해 놓도록.”

“알겠습니다!”

강진혁이 평소에 술을 즐기지 않는다는 사실을 누구보다 잘 알기에 위지명은 술은 제외시켰다. 그렇다고 그나 악소호가 마시는 것도 아니었기에.

위지명은 주문을 마치고 점소이에게 눈짓을 했다. 우선 짐을 놓을 방으로 안내해 달라는 것이었다.

그것을 눈치있게 파악한 점소이는 웃으며 사 층에 위치한 객실로 안내한 뒤 곧바로 욕탕으로 이끌었다.

보통 짐을 내려놓으면 대부분이 씻으러 가기에 미리 대기하고 있었던 것이었다.

세 사람을 욕탕으로 안내하고서 점소이는 곧바로 주방에 주문을 넣었다.

"후우. 시원하네."

"여행객이 많아서 그런지 시설이 깔끔하게 잘 되어 있는 것 같습니다."

"그러게. 소호는 어때?"

"저도 개운하고 아주 좋았어요."

겨울이기에 뜨끈한 목욕간에 몸을 푹 담근 후 사지 곳곳을 깨끗하게 닦고 나온 강진혁이 수건으로 머리카락을 말리며 두 사람에게 물었다. 그러자 두 사람 다 오랜만의 목욕이 기분 좋은지 입가에 미소를 띠었다.

"역시 나만 좋게 느낀 것이 아니었군."

강진혁은 약간 상기된 악소호의 얼굴을 보며 만족스러운 표정으로 고개를 주억거리고는 이내 자연스럽게 사 층의 객실로 향했다. 그리고는 입고 온 옷을 하인에게 맡겨 빨래를 부탁하고는 말끔하게 새 옷으로 갈아입은 뒤 이 층으로 내려갔다. 그러자 입구에서 주문을 받았던 점소이가 부리나케 달려와 각종 음식들을 탁자 위에 올려놓았다.

“일을 잘하는구나.”

“헤헤. 감사합니다.”

자리에 앉기 무섭게 음식들을 가져오는 점소이의 모습에 강진혁이 살짝 감탄한 표정을 지었다. 이렇게 때를 맞춰 음식을 가져오는 게 보는 것처럼 쉬운 일이 아니라는 것을 그는 잘 알고 있었기 때문이다.

지속적인 관심과 열의가 없다면 할 수 없는 일이었기에 강진혁은 웃으며 점소이의 손바닥에 은자 한 냥을 쥐어주었다. 그러자 점소이의 얼굴에 환한 미소가 떠올랐다.

“앞으로도 잘 부탁한다.”

“필요한 게 있으시면 말씀만 하세요! 제가 할 수 있는 일은 다 해드리겠습니다!”

“알겠다.”

은자 한 냥은 결코 적은 금액이 아니었다. 그렇기에 점소이는 머리가 땅에 닿을 정도로 허리를 굽히며 소리쳤다. 그에 강진혁은 고개를 끄덕인 후 가보라는 듯이 손을 저었다.

손님들은 자신들 말고도 많았기에 일에 지장을 주지 않기 위해서였다.

그것을 점소이도 알아차렸는지 다시 한 번 고개를 꾸벅 숙이고는 다른 손님들을 향해 잽싸게 달려갔다.

“너무 많이 주신 게 아닐까요?”

“나중에 다 쓸모가 있을 거야. 그보다 우선 먹자. 음식이 식으면 맛이 없으니까.”

“예!”

강진혁은 염려 말라는 듯이 말하고는 젓가락을 들었다. 그러자 위지명과 악소호도 젓가락을 들어 음식을 덜었다.

“장강수로채의 상황은 어때? 여전히 안 좋아?”

“비풍당에서 알아낸 것과 살문에서 알아봐 준 정보에 의하면 악화일로를 걷고 있는 것으로 보입니다.”

“어떻게?”

“구마성 중 한 명이 장강수왕을 억류한 듯싶습니다.”

위지명의 말을 들은 강진혁은 전후사정을 대충이나마 유추할 수 있었다. 장강수왕이 왜 억류되었는지 이유가 짐작이 갔던 것이다.

“그래서 현재 장강수로채는 구마성을 따르는 쪽과 장강수왕을 따르는 쪽으로 양분되어 있다고 합니다.”

“잘하면 자중지란(自中之亂)을 일으킬 수도 있을 것 같은데.”

강진혁은 눈을 빛냈다. 현재 상황을 잘만 이용하면 생각지도 못한 결과를 만들어낼 수 있을 것 같아서였다.

그 생각은 위지명도 같은지 기광이 번뜩이는 눈빛으로 고개를 끄덕였다.

“저도 그렇게 생각합니다.”

“하지만 그 전에 장강수왕이 억류되어 있는 곳의 위치를 알아내야 해. 아마 그곳에 구마성의 한 명이 있을 테니까.”

강진혁이 악양에 온 이유는 구마성 때문이었다. 하지만 덤으로 장강수로채의 세력까지 약화시킬 수 있다면 그야말로 금상첨화였다.

그렇기 때문에 강진혁은 두 마리 토끼를 잡고자 했다.

“최선을 다해 알아내겠습니다.”

“부탁해.”

“예.”

말을 마친 강진혁은 고개를 끄덕인 후 차를 들이켰다. 식사는 모두 끝마친 후였기에 입가심을 위해 차를 마시는 것이었다. 그런데 그때 창문 밖에서 소란스러운 소리가 들려왔다.

스윽.

그에 강진혁의 고개가 자연스럽게 창문 쪽으로 돌아갔다. 이윽고 강진혁의 시선에 난감한 기색이 역력한 비루한 몰골의 어린 남매가 보였다.

“이게 얼마짜리인 줄 알아!”

“죄송합니다! 죄송합니다!”

귀한 집 자제로 보이는 청년이 새하얀 소매에 묻은 땟자국을 보며 역정을 냈다. 그러자 부딪친 이로 보이는 남자아이가 거듭 머리를 조아리며 사과했다. 하지만 소년의 사과에도 불구하고 청년은 인상을 펴지 않았다. 오히려 더욱 거세게 화를 내며 손찌검이라도 할 듯이 팔을 크게 흔들었다.

"사과하면 단 줄 알아? 엉? 잘못하고도 사과하면 끝나는 거
냐?"

"정말 죄송합니다!"

"몸이 더러우면 알아서 비켜 지나가야 할 거 아냐! 아니면
아예 다른 길로 가든가! 가뜩이나 사람도 많은데 더러운 몸을
왜 들이밀어! 그리고 하필이면 왜 나랑 부딪친 건데?"

"죄, 죄송합니다!"

더욱더 기세등등해져 가는 청년의 목소리에 소년이 어쩔
줄을 모르며 머리를 숙였다. 그러자 동생으로 보이는 소녀가
겁먹은 표정으로 오빠를 따라 고개를 조아렸다. 하지만 두 남
매의 진심 어린 사과에도 청년은 꿈쩍도 하지 않았다.

"사과는 됐고. 배상해."

"예?"

"못 알아들었어? 값비싼 옷을 이렇게 망가뜨렸으니 배상하
라고."

"그, 그게……."

소년이 당황했는지 두 눈동자가 크게 흔들렸다. 하지만 청
년은 그것을 보았음에도 눈 하나 깜빡이지 않았다. 되레 싸늘
하면서도 음흉한 표정을 지으며 소년을 바라봤다.

"설마 못하겠다고 말하려는 건 아니지?"

"아, 아닙니다!"

청년의 말이 끝나기 무섭게 뒤쪽에 서 있던 두 명의 호위무

사가 눈을 번뜩였다. 마치 배상을 하지 못하겠다면 치도곤을 내겠다고 눈빛으로 말하는 듯했다.

그 모습에 소년이 창백해진 안색으로 황급히 품속을 뒤졌다. 그러나 그의 손에 쥐어져 나온 돈은 동전 열 개가 전부였다.

"뭐야? 설마 그걸로 배상을 하려는 것은 아니겠지?"

"이게 제 전 재산인데……."

"참나. 어이가 없군. 이게 얼마짜리인데 고작 동전 열 개를 내미는 거야?"

동전 열 개를 내민 소년은 두 팔을 부들부들 떨었다. 청년에게는 고작이라는 말이 나올 정도로 형편없이 적은 금액이었지만, 소년에게는 전부라 할 수 있는 금액이었다. 그렇기에 소년은 흔들리는 눈빛으로 청년을 바라봤다. 부디 이것으로라도 해결이 되기를 바라면서. 하지만 소년도 알고 있었다.

이 정도 금액으로는 턱도 없다는 사실을 말이다.

"이, 이것으로 봐주시면 안 될까요?"

소년이 두 눈을 질끈 감으며 청년에게 부탁했다. 그러나 소년의 간절한 부탁에도 불구하고 청년은 봐줄 마음이 없는지 비릿한 미소를 지었다.

"네 스스로 생각해 봐라. 지금 네 말이 가당키나 한 말인지."

"하지만 제가 가진 건 이게 전부예요."

“무슨 소리. 동전 말고도 네가 가진 건 두 개나 더 있잖아?”

눈을 마주하면 건방지다고 할까 봐 되도록 머리를 숙이고 있었던 소년이 순간적으로 당황해 고개를 들었다. 그러자 음흉한 청년의 눈빛이 동공에 가득 들어왔다.

부르르!

마주한 눈빛에서 그가 무엇을 원하는지 본능적으로 느낀 소년이 몸을 떨었다.

“오, 오빠⋯⋯.”

그 모습에서 소녀도 무언가를 느낀 듯 잔뜩 불안한 얼굴로 소년의 팔을 잡았다. 하지만 소년은 여동생에 신경을 쓰지 못했다.

지금 그의 머릿속은 이 난관을 어떻게 벗어날지에 대한 생각으로 가득 차 있었기 때문이다.

“그러니까 동전은 집어둬라. 그깟 푼돈은 받느니만 못하니까. 대신 날 따라와라.”

“⋯다른 것으로 배상을 하면 안 될까요?”

“그런 게 있기나 하느냐?”

“찾아보면 있지 않겠습니까?”

소년은 어떻게든 이 자리에서 벗어나기 위한 방법을 궁리했다. 어리지만 본능적으로 청년을 따라가면 안 된다는 사실을 느낀 것이다. 더구나 혼자도 아니고 하나뿐인 여동생도 함께 데려가려 했기에 소년은 더더욱 청년을 따라갈 수 없었다.

그래서 일부러 시간을 끌며 주변을 둘러보았다. 하지만 구경하는 사람들은 많았어도 정작 나서는 사람은 단 한 명도 없었다.

저잣거리에는 끝이 보이지 않을 정도로 엄청난 인파가 모여 있었는데 말이다.

"글쎄. 과연 있을까? 너희 같은 거지새끼들에게 말이다."

"으음!"

소년이 침음을 흘리며 간절한 눈빛으로 주변을 둘러봤다. 하지만 어느 누구도 소년의 눈빛을 받아주지 않았다. 오히려 하나같이 시선을 외면하며 딴청을 부렸다.

부랑아인 두 남매를 도와줄 정도로 세상의 인심은 따뜻하지 않았던 것이다.

스윽.

결국 소년은 고개를 숙였다. 도움을 기대하는 것이 얼마나 쓸데없는 짓임을, 헛된 바람임을 다시 한 번 처절하게 느낄 수 있었던 것이다. 하지만 소년은 울지 않았다.

이처럼 부당한 일을 한두 번 겪어본 것이 아니었기에. 다만 슬프고 화가 났다. 또한 모든 것이 원망스러웠다.

자신들을 버리고 간 부모도, 그리고 하나뿐인 동생조차 지키지 못하는 무능력한 자신도.

"이젠 그만 포기하고 따라와라."

"……예."

고개를 푹 숙인 소년이 힘없이 대답했다. 그런데 그때 소년의 어깨를 붙잡는 따스한 손이 있었다.

"잠깐."

"어?"

어깨를 감싸는 따뜻한 손길에 체념한 표정의 소년이 고개를 들었다. 그러자 짙은 눈썹을 가진 평범한 인상의 남자가 두 눈에 들어왔다.

"넌 뭐야?"

평범한 흑의장삼을 입은 남자의 등장에 청년이 이맛살을 잔뜩 찌푸리며 물었다. 그에 갑자기 나타난 남자, 강진혁은 웃으며 대꾸했다.

"배상금은 내가 대신 물어주도록 하지."

"네가 왜?"

"그깟 옷 따위보다 이 아이들이 훨씬 더 소중하니까."

강진혁은 두말할 필요도 없다는 듯이 말했다. 그러자 청년이 어이가 없다는 듯이 헛웃음을 흘렸다.

강진혁의 말이 그는 이해가 되지 않았던 것이다. 거기다 다 된 밥에 코를 빠뜨리는 강진혁의 참견도 심히 거슬렸다.

"헛소리 지껄이지 말고 꺼져라. 내 오랜만에 아량을 베풀어 고이 보내줄 터이니."

"싫다면?"

"그러면 몸이 좀 고생을 하겠지. 여러 모로."

우드득! 우득!

청년의 말이 끝나는 것과 동시에 강진혁의 귓전으로 뼈가 꺾이는 소리가 들려왔다. 바로 청년의 뒤에 서 있던 두 명의 호위무사가 몸을 푸는 소리였다.

둘은 강진혁에게 위압감을 주려는 듯이 일부러 움직임을 크게 하며 눈을 부라렸다. 기선제압을 하기 위해 몸부림을 치는 것이었다. 하지만 안타깝게도 두 사람의 노력은 소용이 없었다. 고작 외공을 익힌 무인 두 명으로는 그에게 전혀 위협이 되지 않았기 때문이다.

"역시 그렇게 나오는군."

"호오. 예상했나?"

"당연히. 너 같은 놈이 쓰는 방식이야 거기서 거기니까."

"그런데도 도망치지 않는 것을 보면 꼴에 무공을 익힌 모양이군."

강진혁의 빈정거림을 들었음에도 청년은 얼굴색 하나 변하지 않았다. 오히려 흥미로운 표정으로 강진혁을 쳐다봤다. 이처럼 오만하기 짝이 없는 강진혁이 처참하게 무너지고서 어떤 표정을 지을지 그는 궁금해졌던 것이다.

"그런 셈이지. 하지만 나서는 건 내가 아니다. 왜냐하면 너 따위를 상대하는 데 내가 나설 필요는 없거든."

"뭐라고?"

일순 청년의 얼굴이 딱딱하게 굳어졌다. 도를 지나친 강진혁의 조롱에 흥분한 것이었다. 그에 청년이 입을 벌렸다.

지금 당장 강진혁을 손봐주라고 명령하기 위해서였다. 하지만 그의 음성은 입 밖으로 나오지 못했다.

그의 입이 벌려지는 순간, 뒤에 있던 두 명의 호위무사가 허무하게 땅바닥을 뒹굴었기 때문이다.

털썩!

"어?"

신음조차 흘리지 못한 채로, 그것도 두 눈을 부릅뜬 채로 허물어지는 호위무사들의 모습에 청년이 얼빠진 표정을 지었다.

단 한 번도 이러한 일이 벌어지리라 생각해 본 적이 없었기에 놀란 것이었다. 하지만 강진혁은 그런 청년을 기다려 주지 않았다.

"이런. 네가 철석같이 믿고 있던 호위무사들이 쓰러졌군. 그럼 이제 네가 나서는 건가?"

흠칫!

강진혁의 음성에 청년이 퍼뜩 정신을 차렸다. 하지만 좀 전의 기세는 모두 잃어버렸다. 안하무인이던 모습이 완전히 사라졌던 것이다. 대신 두려움에 벌벌 떠는 겁쟁이 공자님의 모습만 남았다.

"어쩔 테냐."

강진혁은 흔들리는 눈동자로 자신을 바라보고 있는 청년

에게 친근한 어조로 물었다. 하지만 청년은 그런 음성에도 불구하고 대답을 하지 못했다.

어느 틈에 나타난 것인지 강진혁의 옆에 서서 살벌한 살기를 뿌리는 위지명으로 인해 대답을 할 수 있는 상황이 아니었던 것이다.

툭.

청년의 그러한 상황을 읽은 강진혁은 품속에서 전낭을 꺼내 은자 하나를 꺼내어 던졌다. 이윽고 그의 손을 떠난 은자가 포물선을 그리며 청년의 어깨 위에 정확히 떨어졌다.

"배상금이다."

"으음!"

꼼짝도 못한 채로 은자가 날아오는 광경을 지켜보던 청년은 아무런 고통도 없이 어깨에 은자가 떨어지자 안도의 한숨을 내쉬었다.

혹시나 강진혁이 내공을 담아 던진 것은 아닐까 걱정했는데 다행히 그러지는 않은 것 같았다. 그래서 청년은 깊은 한숨을 내쉬었다. 그리고는 곁눈질로 멀어지는 강진혁을 노려봤다.

[허튼 짓은 하지 않는 게 좋을 거다. 목 위에 있는 물건을 오랫동안 부지하고 싶으면.]

"딸꾹!"

몰래 강진혁과 어린 남매를 훔쳐보던 청년이 느닷없이 딸꾹질을 하기 시작했다. 갑자기 들려온 위지명의 전음에 깜짝 놀란 것이었다. 더구나 마치 속내를 읽은 것처럼 말하는 소리에 청년은 두 눈을 질끈 감았다.

자칫 잘못해서 분기가 눈에 드러날까 봐 아예 원천봉쇄를 한 것이다.

그 모습에 주위에서 구경하던 사람들이 의아한 표정을 지었다. 한숨을 쉬다가 딸꾹질을 하고, 눈을 감으니 도대체 뭐 하는 짓인가 궁금했던 것이다. 그러나 실상을 아는 사람은 아무도 없었다.

위지명의 전음은 오직 청년만이 들을 수 있었기 때문이다.

안 좋은 일을 당할 뻔한 어린 남매를 오향객잔으로 데려온 강진혁은 우선 음식부터 시켰다. 아까 전부터 두 아이의 뱃속에서 계속 흘러나오는 꼬르륵 소리에 배부터 채우는 게 먼저라고 생각해서였다.

과연 그 생각이 맞았는지 두 아이는 마치 걸신이라도 들린 것처럼 음식들을 흡입하듯 먹어치웠다.

"천천히 먹어라. 음식이 부족하면 또 시켜줄 테니."

"으옙!"

입안에 음식을 가득 집어넣고서 소년이 대답했다. 소녀는 아예 말조차 들리지 않는 듯 입도 열지 않고 정신없이 수저를 놀렸다.

그러한 모습에 강진혁은 안쓰러운 표정을 지었다. 지금 보이는 모습만으로 두 아이가 얼마나 굶었는지 능히 짐작이 갔기 때문이다.

"자, 물도 마시면서 먹어."

그건 악소호도 같은 모양인지 두 아이에게 물을 따라주며 이것저것 신경을 써주었다. 그러나 두 아이는 그것을 아는지 모르는지 연신 먹는 것에만 집중했다.

"으아!"

"후우!"

두 아이의 식사는 한 식경이 지나서야, 위지명이 남매의 옷을 사올 때가 되어서야 끝이 났다. 배가 볼록 튀어나올 정도가 되어서야 수저를 놓은 것이다. 하지만 그럼에도 남매는 아직도 부족하다는 눈빛으로 텅텅 비어버린 그릇을 주시했다.

"잘 먹었어?"

"아, 감사합니다."

"감사합니다."

남매가 소화를 잘 시킬 수 있게 따끈한 차를 따라주던 강진혁이 뒤늦게 감사한 마음을 전하는 남매를 보며 싱긋 웃었다. 그러자 이제 열 살 남짓해 보이는 소녀가 쑥스러운지 붉어진 얼굴을 푹 숙였다. 대신 오라비인 소년은 나이답지 않게 공손하게 자리에서 일어나 허리를 숙였다.

"인사는 그만하면 되었으니 앉아. 허리 아플 텐데."

“예에.”

올챙이배처럼 툭 튀어나온 배를 보며 강진혁이 말하자 소년이 민망한 듯 얼굴을 붉히며 자리에 앉았다. 그리고는 이내 의문이 가득 담긴 눈빛으로 강진혁을 바라봤다.

“하고 싶은 말이 있으면 해. 머뭇거리지 말고.”

“왜 저희를 도와주셨어요?”

소년이 나이답지 않은 진지한 얼굴로 강진혁의 눈을 똑바로 쳐다보며 물었다. 그에 강진혁이 묘한 웃음을 지었다. 마치 이런 질문을 해올지 알고 있었다는 표정이었다.

“적어도 내 눈앞에서 부당한 일이 벌어지는 것은 막고 싶었거든.”

“아…….”

당연한 말인데 소년은 순간적으로 울컥했다. 누구나 알고 있는 말이지만 실질적으로 행하는 사람은 없기 때문이었다. 그래서 소년은 금방이라도 울 것 같이 촉촉해진 눈망울로 강진혁을 바라봤다.

“너무 감동 받은 표정은 짓지 마라. 난 그리 대단한 사람은 아니니까.”

“아뇨. 아저씨는 대단한 사람이에요. 그리고 특별해요.”

“인사치레치고는 너무 과한데?”

“아뇨. 그렇지 않아요. 아저씨는 다른 사람들이랑 다르니까요.”

소년은 똑똑히 봤었다. 수많은 군중이 있었지만 단 한 명도 나서지 않았던 것을. 심지어 관아에서 나온 포졸들도 있었지만 그들 역시 멀뚱히 구경하기만 했다.

물론 잘못은 자신이 했다. 그것은 분명했다. 하지만 그때 청년의 요구는 분명 과했었다. 옷을 더럽힌 것치고는 너무 많은 것을 원했었다. 그러나 그 부당함을 말해주는 사람은 단한 명도 없었다.

그저 지켜보기만 했다. 강 건너 불구경 하듯이 말이다. 그런데 오직 강진혁만이 나서주었다.

생판 모르는, 아무런 관계도 아닌 그를 위해서. 그게 소년은 너무나 고마웠고, 기뻤다.

강진혁에게 있어서는 사소한 친절에 불과하겠지만 그에게는 그 어떤 것보다 큰 축복이었다. 때문에 소년은 말할 수 있었다.

적어도 강진혁만큼은 다른 사람들과 다르다고 말이다.

"다른 사람과 다르다라. 그럴지도 모르겠구나."

"스스로 생각하기에 아닌 거 같으세요?"

"아니. 어느 정도는 인정해. 나는 분명히 다른 사람들과는 다르니까 말이다."

말은 같은 말인데 의미가 약간 달랐다. 하지만 그것을 이해할 정도로 소년의 정신은 아직 성숙하지 못했다. 그래서 소년은 그저 빙그레 웃기만 했다. 그러자 옆에 얌전히 앉아 있던 소녀도 오빠를 따라 싱긋 웃었다.

배도 부르고 안전도 확보가 되니 기분이 좋아진 모양이었
다.

"헤헤헤."

감정에 솔직한 아이답게 소녀의 웃음에는 한 점의 때도 묻
어 있지 않았다. 그래서 그런지 소녀의 웃음은 금방 다른 사
람들에게까지도 전염이 되었다.

소녀의 미소에 오라비인 소년은 물론이고 강진혁과 위지
명, 악소호도 미소를 지었던 것이다.

"그러고 보니 아직 통성명을 하지 않았구나. 난 강진혁이
라고 한다. 여기 너희들을 구해준 사람은 위지명이고, 마지막
으로 어리바리해 보이는 이 녀석은 악소호다."

"저는 형문곡이고 제 동생은 형문설이에요."

"형문설이예요."

오빠인 형문곡의 인사에 동생인 형문설이 자리에서 일어
나 강진혁을 비롯한 세 사람에게 배꼽 인사를 해왔다. 그에
강진혁이 웃으며 인사를 받아주었다.

"나이는?"

"제가 올해 열두 살이고 동생은 아홉 살이에요."

"으음."

나이를 물었던 강진혁이 침음을 흘렸다. 실제 나이에 비해
지나치게 왜소한 두 아이의 모습에서 그동안 얼마나 먹지 못

하고 굶주렸는지 예상이 갔기 때문이었다. 하지만 정작 남매는 아무렇지도 않은 표정이었다.

강진혁은 그게 더 안쓰러웠다. 한창 먹어야 할 아이들이 먹지 못해 거리를 떠돌아다니는 것만으로도 불쌍한데 그 고통을 자연스럽게 받아들이니 가슴이 아팠다.

"왜 그러세요?"

강진혁의 연민 어린 시선에 무언가를 느낀 듯 형문곡이 눈을 깜빡이며 조심스레 물었다. 그 모습에 강진혁이 웃으며 고개를 저었다.

아이들에게 동정 어린 눈빛을 보내는 것만으로도 상처가 된다는 사실을 알고 있기에 그러한 기색을 황급히 지운 것이었다.

"아니다. 그보다 혹시 갈 데가 있니?"

"…아니요."

형문곡의 표정이 삽시간에 침울해지며 목소리가 작아졌다. 잠시나마 잊고 있던 현실을 직면하자 기운이 쏙 빠진 것이었다. 덩달아 소녀 역시 얼굴이 금세 어두워졌다.

"그럼 우리를 따라갈래?"

"예?"

걱정이 가득한 표정이었던 형문곡이 살짝 주저하는 표정을 지으며 반문했다. 나이는 어리지만 세상에 이유 없는 호의는 없다는 사실을 알고 있었기에 경계하는 것이었다. 하지만 친절하고 따뜻했던 강진혁의 도움 때문인지 형문곡은 선뜻 대답을 하지 못했다.

"꺼림칙하면 같이 가지 않아도 돼. 난 강요하는 게 아니니까."

"아니, 그런 게 아니라요……."

강진혁의 눈에는 형문곡의 생각이 훤히 보였다. 혹시라도 강진혁이 인신매매를 하는 사람이 아닐까 고민하는 것이었다. 그러나 형문곡 입장에서는 충분히 그럴 수 있기에 강진혁은 더 이상 말하지 않았다.

제안은 그가 하는 것이었지만 선택은 형문곡이 하는 것이었기 때문이다.

그렇기에 강진혁은 형문곡이 충분히 생각하고 결정을 할 수 있도록 기다려 주었다. 그리고 어떤 결정을 내리든지 간에 할 수 있는 데까지는 도움을 주기로 마음먹었다.

지금의 그는 충분히 그럴 만한 능력이 있었으니까.

후웅. 후웅.

침묵이 길어졌다. 그러자 형문설이 지루해진 모양인지 높은 의자 때문이 붕 떠 있는 두 다리를 앞뒤로 흔들었다.

나름 오빠에게 방해되지 않도록 신경 쓰는 모습이었다.

후르륵.

반면 강진혁은 조용히 차를 들이켰다. 평소에 마시는 차에 비하면 상당히 질이 떨어지는 차였으나 강진혁은 크게 개의치 않았다.

　밖에서 마음에 드는 차를 마시기란 생각 외로 힘들다는 사실을 잘 알고 있어서였다.

　잠시 후 마음의 결정을 내렸는지 형문곡이 조심스레 강진혁의 눈치를 살피며 입을 열었다.

　"저기.".

　"결정은 내렸어?"

　"한 가지 물어봐도 돼요?"

　"얼마든지."

　어린 나이에 가지기 힘든 신중한 태도에 강진혁은 속으로 웃으며 고개를 끄덕였다. 그러자 형문곡이 용기를 얻은 듯 입술을 한 번 깨문 후에 입을 열었다.

　"왜 저희를 데려가려 하세요? 혹시 따로 쓸 곳이 있어서 그런 건가요?"

　"쓸 곳이 있어서라……. 문곡아, 너는 사람을 도구라고 생각하는 모양이구나."

　"아니, 그런 게 아니라 보통 데려가려 할 때에는 목적이 있으니까요."

　"그 추측은 틀렸다. 난 목적이 없으니까. 다만 난 너희에게 기회를 주고 싶을 뿐이다. 지금의 인생을 바꿀 수 있는 기회를. 나에겐 그만한 능력이 있으니까."

　꿀꺽!

담담하지만 울림이 있는 강진혁의 말에 형문곡이 침을 삼켰다. 나이는 어리지만 지금의 결정이 향후에, 아니, 그의 미래에 어떠한 변화를 가져올지 본능적으로 알 수 있었던 것이다. 그래서 형문곡은 입이 잘 떨어지지 않았다.

"하지만 결정은 네가 하는 거다. 다른 누구도 아닌 네가."

"따라갈게요. 아저씨를 따라가겠어요."

"앞으로 많은 것을 배우게 될 거다. 너뿐만 아니라 문설이도."

강진혁은 결정을 내린 형문곡을 따스한 눈으로 바라봤다. 그리고 그 옆에 앉아 있는 형문설의 머리도 부드럽게 쓰다듬어 주었다. 그러자 형문설이 기분 좋은 표정을 지었다.

형문곡 외의 다른 사람이 따뜻하게 머리를 쓰다듬어 주니 기분이 묘하면서 좋았던 것이다.

"하지만 그 전에 우선은 씻자. 위지 아저씨가 새 옷을 사왔으니 입어봐야지."

"예!"

"네!"

강진혁이 자리에서 일어나며 말하자 형문곡과 형문설이 밝게 대답하며 몸을 일으켰다. 그에 위지명은 점소이를 불러 목욕간을 넉넉히 부탁했다. 상당히 오랫동안 씻지 못한 것으로 보이는 남매를 씻기기 위해선 두 개의 목욕간으로는 부족해 보였기 때문이다. 그리고 방도 좀 더 큰 방으로 바꿨다.

사인실에서 아이까지 합쳐 다섯 명이 머물기에는 부족한 감이 없지 않아 있었기에 아예 큰 방으로 바꾼 것이다.

그렇게 새로운 일행을 받아들이며 이런저런 일을 하는 사이 악양에서의 하루가 저물어갔다.

*　　*　　*

하늘이 어둠에 물든 술시 말엽에 강진혁은 방을 나섰다. 형문곡과 형문설이 잠에 든 것을 확인하자마자 나온 것이었다.

그 뒤로 위지명과 악소호가 살짝 굳은 얼굴로 뒤따라 나왔다.

"점소이에게 따로 말해뒀지?"

"예. 혹시라도 일어나면 잠시 일을 보러 나갔다고 말해달라 해두었습니다."

"좋아. 그럼 이제 일을 하러 가자."

"예, 주군."

형문곡, 형문설 남매를 대했을 때와는 전혀 다른 차가운 얼굴을 한 강진혁이 오향객잔을 나섰다. 한데 그가 향하는 곳은 놀랍게도 악양의 암흑가였다.

저벅저벅.

강진혁은 이상할 정도로 어둡고 음산해 보이는 골목길을

걸어갔다. 그러자 곳곳에서 그를 주시하는 눈빛들이 느껴졌다.

알게 모르게 강진혁 일행을 살펴보는 시선들이 많았던 것이다. 하지만 강진혁이나 위지명은 그러한 시선을 느끼지 못하는 것처럼 덤덤한 모습으로 걸음을 옮겼다. 다만 악소호만이 누가 봐도 긴장한 기색으로 주변을 은근슬쩍 살펴봤다.

그는 이런 암흑가에 발을 들인 게 처음이기에 사뭇 긴장한 것이었다. 또한 오향객잔을 나서기 전 강진혁에게 언질을 들은 게 있기에 더욱 긴장했다.

꾸욱.

그래서 그런지 악소호의 걸음걸이는 강진혁이나 위지명에 비해 상당히 경직되어 있었다. 누가 봐도 긴장했다는 것을 알 수 있을 정도로 딱딱했던 것이다.

하지만 정작 악소호는 그 사실을 모르는 듯 자세를 바로잡지 않았다.

"거기서 정지."

어두컴컴한 뒷골목을 가로질러 한 채의 장원에 다다른 강진혁은 문 앞에서 제지를 당했다.

문을 두드리기 직전 그의 머리 위로, 정확하게는 대문의 꼭대기에 한 명의 복면인이 나타나 강진혁을 멈춰 세웠던 것이다.

"문지기치고는 상당히 비밀스러운 문지기로군."

"이곳은 들어갈 수 없다. 돌아가라."

"난 견철심(犬鐵心)을 만나러 왔는데."

흠칫!

강진혁의 말을 듣기 무섭게 두 눈만 드러낸 흑의복면인이 몸을 움찔거렸다. 생각지도 못한 말을 들어 놀란 기색이었다.

"…누구십니까?"

"견철심을 견철심이라 부르는 사람과 함께 일하는 사람이다."

"들어오십시오."

끼이익.

대문 위에 서 있던 흑의복면인이 손가락 하나 까딱하지 않았음에도 단단해 보이는 철문이 저절로 열렸다. 하지만 그 모습에 놀라는 사람은 아무도 없었다. 그저 당연하다는 듯이 담담한 얼굴로 문을 지나쳤다. 그러자 대문 위에 서 있던 흑의복면인이 바닥으로 내려섰다.

"안내해 드리겠습니다."

스윽.

강진혁은 흑의복면인의 정중한 말에도 대답을 하지 않고 고개만 까딱거렸다. 그러나 흑의복면인은 강진혁의 그러한 태도에도 전혀 기분 나쁜 표정을 짓지 않고서 몸을 돌렸다.

잠시 후 강진혁은 흑의복면인을 따라 장원의 중앙에 자리 잡은 거대한 전각에 들어갈 수 있었다.

달칵.

오 층 전각의 최상층에 도착한 강진혁은 기다렸다는 듯이 열리는 문을 지나 안으로 들어갔다. 그러자 화려하게 꾸며진 응접실에 앉아 있는 한 명의 장년인을 볼 수 있었다.

"기다리고 있었습니다, 강 대협."

"장강수왕이 억류된 곳의 위치를 알아냈다는 게 사실인가?"

"그렇습니다."

"신뢰도는?"

살아온 삶이 평탄지 않았음을 증명하듯 장년인의 얼굴에는 흉터가 가득했다. 그로 인해 인상이 강하다 못해 험상궂어 보였지만 강진혁은 신경 쓰지 않았다.

외견에 마음이 흔들릴 정도로 그의 수양은 얕지 않았고, 지금 이 자리는 적으로서 만난 자리가 아니었기에 강진혁은 그가 건네주는 정보에만 집중했다.

"확실합니다. 몇 번이고 확인을 했습니다."

"구마성 중의 한 명도 함께 있나?"

강진혁은 장년인이 공손히 권하는 자리에 앉으며 본론부터 꺼냈다. 친한 사이도 아니고 앞으로 친해질 사이도 아닌데 굳이 쓸데없는 대화를 나눌 필요는 없다 생각해서였다. 하지만 장년인은 그렇지 않은 듯 살짝 아쉬운 기색을 내비치며 입을 열었다.

"그게 낮에는 있는데 밤에는 없습니다."

"무슨 말이지?"

강진혁이 미간을 좁히며 물었다. 그로서는 장년인의 말이 무엇을 뜻하는지 이해가 가지 않았던 것이다. 하지만 이어지는 설명을 듣자 강진혁은 이해가 되었다.

"해가 질 무렵부터는 여자를 찾아 발발거리며 돌아다니기에 행적이 묘연해집니다. 그나마 악양 시전으로 나와 기루를 드나들면 위치를 파악할 수 있는데 그렇지 않은 경우에는 찾을 수가 없습니다."

"여자를 어지간히 밝히는 작자인가 보군."

"그래서 그런지 별호가 음마성(陰魔星)이라고 합니다."

장년인도 기가 차는지 헛웃음을 흘렸다. 하지만 그의 특출난 외모 때문에 웃는 게 웃는 것처럼 보이지 않았다. 오히려 인상을 쓰는 것처럼 보였다.

"장강수로채의 상황은 어떻지?"

"장강수로채가 두 개의 파벌로 나뉜 것은 알고 계십니까?"

강진혁은 고개를 끄덕였다. 위지명에게서 들어서 이미 알고 있는 사실이었기 때문이다. 그러자 장년인이 설명하기 편해졌다는 듯이 미약하게 고개를 주억거린 후 말을 이었다.

"현재 장강수로채는 일촉즉발의 상황이라 할 수 있습니다. 장강수왕을 따르는 기존의 수적들은 음마성에게 장강수왕의 억류를 풀어달라고 요구하고 있고, 음마성 측 수적들은 그럴 수 없다며 거부를 하고 있습니다. 그러면서 억류가 아니라 체류 중이라고 말하고 있지요.”

“말장난을 하고 있군. 그래서?”

“그로 인해 현재 장강수왕을 따르는 쪽이 극도로 분노한 상태입니다. 하지만 음마성의 무위 때문에 무력을 쓰는 것은 자제하고 있습니다. 몇 번이고 보인 음마성의 무력이 보통이 아니었기 때문입니다.”

“그럴 테지.”

다른 이도 아닌 구마성의 일인이었다. 패천궁의 정점에 서 있는 무인이라 할 수 있는. 그렇다 보니 제아무리 장강을 안방처럼 돌아다니며 군림하던 수적들이라고 해도 별수가 없을 것이다.

객관적으로 따져 보았을 때 장강수왕을 제외하면 음마성을 상대할 무인은 없을 테니까 말이다.

“그래서 지금은 방법을 바꿨습니다. 말로도 안 되고 무력으로도 안 된다면 비밀리에 구출하는 작전으로 말이지요.”

장년인의 말에 강진혁이 눈을 빛냈다. 작금의 상황을 잘만 이용하면 너무나 쉽게 음마성과 장강수왕의 곁에 갈 수 있을 것 같아서였다.

“하오나 가장 쉬운 방법은 아무래도 음마성이 악양의 기루를 찾을 때가 아닌가 싶습니다.”

“그렇게 할 경우 장강수왕이 자유로워진다. 결국 장강수왕을 따르는 쪽만 좋아진다는 소리이지."

"으음!"

이 부분에 대해서는 생각을 하지 못한 모양인 듯 장년인이 얼굴을 굳혔다. 듣고 보니 강진혁의 말대로였던 것이다. 하지만 여기에도 맹점은 있었다. 그것은 바로 음마성을 따르고 장강수왕을 지키는 수적들의 숫자가 엄청나게 많을 것이라는 점이었다. 게다가 강진혁의 경우 그가 알기로 지금 데리고 온 두 명이 일행의 전부였다. 그 말인즉, 수적으로 엄청나게 불리하다는 소리였다.

'물론 천풍신룡의 무위라면 수적들의 숫자는 중요치 않겠지. 하지만 거기에 음마성이 포함되면 얘기는 달라지지.'

세간에 알려지기로 강진혁의 무위는 구마성과 천하십대고수와 동급이라 알려져 있었다. 아니면 반 수 가량 아래에 있거나. 하지만 이렇듯 혼자 찾아온 것을 보면 그 평가는 잘못된 것이 분명했다.

만약 소문대로 반 수 아래라면 강진혁이 혼자 올 리도 없었을 것이고 무영야왕이 보내줄 리도 없었을 터였다. 그렇기에 그는 강진혁에 대한 세간의 평가가 잘못되었음을 확신할 수 있었다.

'이 정보만 팔아도 돈을 쏠쏠하게 벌 수 있겠군. 물론 단기간에만 팔 수 있다는 단점이 있지만 말이야.'

강진혁에 대한 정보를 알고자 하는 사람은 많았다. 하지만 그러한 정보를 가지고 있는 사람은 적었다. 그렇다 보니 강진혁에 대한 정보는 사소한 것이라도 상당히 비싸게 팔렸다.

공급은 적은데 수요가 많으니 값어치가 자연스레 올라갔던 것이다.

"무슨 생각을 그리하지?"

강진혁의 정보를 팔아 돈을 벌 궁리를 하던 장년인이 눈을 크게 떴다. 순간적으로 딴 생각을 했음을 자각한 것이다. 그렇기에 그는 황급히 신색을 바로하며 입을 열었다.

"죄송합니다. 잠시 다른 생각을 하느라고."

"다 했으면 곧바로 출발을 했으면 하는데."

"그 전에 음마성의 현재 위치부터 파악해야 하지 않겠습니까? 만약에 갔는데 음마성과 길이 엇갈릴 수도 있으니까요."

장년인의 말도 일리가 있었다. 그렇기에 강진혁은 고개를 끄덕이며 물었다.

"악양의 기루에 자주 들락거리나?"

"삼 일에 한 번은 찾아가는 편입니다. 아니면 민가에서 보쌈을 하거나요."

"보쌈?"

강진혁이 그게 무슨 말이냐는 듯이 반문했다. 그에 장년인이 최대한 순화된 표현으로 소상히 설명했다. 그러자 강진혁의 얼굴이 딱딱하게 굳었다. 그뿐만 아니라 전신에서 서릿발 같은 살기마저 흘러나왔다.

"크윽!"

무지막지한, 감히 받아낼 엄두도 나지 않는 살기에 장년인이 신음을 흘렸다. 동시에 곳곳에 은신해 있던 수하들 역시 억눌린 신음을 흘리며 하나둘 모습을 드러냈다.

순식간에 방 안을 집어삼키는 막대한 살기에 견뎌내질 못했던 것이다.

"미안하군."

"아, 아닙니다."

그 모습에 뒤늦게 자신의 실수를 자각한 강진혁이 흘러나온 살기를 갈무리하며 사과했다. 그러자 장년인이 전혀 개의치 말라는 듯이 손을 저었다.

"그보다 몇 명이나 당했지?"

"세보지 않아 정확히는 모르겠으나 두 자리 숫자는 훌쩍 넘는 것으로 알고 있습니다. 그동안 딸을 잃고 망연자실한 부모들이 상당히 많았으니까요."

"그렇군."

살기는 없었으나 강진혁의 눈동자에서는 서늘한 기운이 흘러나왔다. 그에 장년인은 감히 강진혁과 눈을 마주할 수 없었다.

눈이 마주치자 온몸에 소름이 쫙 오르면서 오금이 저렸기에 계속 볼 엄두가 나지 않았던 것이다.

"위, 위치를 알아보도록 하겠습니다."

“부탁한다.”

“아닙니다. 당연히 해야 할 일인데요.”

강진혁은 기다리겠다는 듯이 두 눈을 감았다. 그러자 장년인이 자리에서 일어나 부산을 떨며 수하들에게 명령을 내렸다. 최대한 서둘러 음마성의 종적을 찾으라는 명령이었다.

칠흑 같은 어둠이 사위를 가득 채운 자정에 강진혁은 날렵한 체격을 가진 작은 키의 중년인을 따라 경공을 펼치고 있었다. 그런 그의 뒤로 위지명과 악소호가 기척을 최대한 죽이고서 따랐다.

“여기서부터는 배를 타고 가야 합니다.”

“머나?”

“그렇지는 않습니다. 한 식경 정도만 물길을 타고 가면 도착합니다.”

호수 기슭에 교묘하게 감춰져 있는 나룻배를 꺼내며 중년인이 말하자 강진혁은 알겠다는 듯이 고개를 끄덕였다. 그리고는 중년인의 지시에 따라 배 위에 올랐다.

잠시 후 네 사람을 태운 작은 크기의 나룻배가 동정호를 가르며 나아갔다.

스르륵. 스르륵.

고요한 밤중에 노 젓는 소리만이 호젓하게 울려 퍼졌다. 그래서 그런지 어느 누구 하나 입을 열지 못했다. 그저 하나같이 입을 굳게 다물고 있었다.

그러는 사이 어느새 나룻배가 목적지에 도착했다. 동정호 안에 있는 수많은 섬 중 한 곳에 닿은 것이었다.

"장강수왕과 음마성은 섬의 중앙에 자리 잡고 있는 흑사채(黑蛇寨)의 수채 안에 있습니다."

"수고했다."

"소인은 이곳에서 기다리고 있겠습니다."

"조심하도록."

강진혁이 사뭇 걱정하는 투로 말하자 중년인이 살짝 감격한 표정을 지으며 고개를 끄덕였다. 그리고는 작은 나룻배를 이끌고 어디론가로 사라졌다. 아마 일을 마치고 신호를 보내면 알아서 나타날 터였다.

"가자."

"예, 주군."

"예."

중년인의 모습이 감쪽같이 사라지는 것을 지켜본 후 강진혁이 몸을 돌렸다. 시끌벅적한 소리가 들려오는 섬의 중앙으로. 그러나 가는 과정이 그리 순탄치는 않았다.

호수 위에 만들어진 섬이라 그런 건지 땅이 질척거려 걷는 게 쉽지 않았던 것이다. 그렇다 보니 자연스레 흔적을 남기게 되었다. 하지만 강진혁은 발자국이 남는 것에 크게 신경 쓰지 않았다.

어차피 아침이 밝을 즈음에는 이 섬에 살아 있는 사람은 그
와 위지명, 악소호를 제외하고는 아무도 없을 것이기 때문이
다.

"소호는 정신 똑바로 차려라. 까딱하다 죽는 게 실전이니
까."

"예에!"

묵묵히 걸어가던 강진혁이 고개를 돌리며 말하자 악소호
가 창대를 강하게 쥐고 고개를 끄덕였다. 눈빛을 보니 더 이
상은 걱정하지 않아도 될 것 같았다. 그에 강진혁은 다시 고
개를 돌려 앞을 바라보았다. 그러자 조잡하지만 제법 요새처
럼 꾸며 놓은 흑사채의 성벽이 눈에 들어왔다.

"들어가 볼까."

성벽 위에서 보초를 서는 듯 이리저리 움직이는 수적들을
바라보던 강진혁이 중얼거렸다. 그러더니 순식간에 모습을
감추었다. 동시에 위지명의 신형 역시 바람을 가르며 성벽 위
로 치솟았다.

"커헉!"

"큭!"

짧고 낮은 비명성과 함께 무언가가 부러지는 소리가 들려
왔다. 바로 목이 부러지는 소리였다. 그에 악소호가 뒤늦게
경신술을 펼쳐 성벽을 계단처럼 밟고 올라갔다.

높이가 그리 높지 않았기에 오르는 데 어려움은 없었다.

“자아, 빚을 갚으러 가보자고.”

“예.”

깔끔하게 보초 두 명을 처리한 강진혁이 스산한 눈빛을 뿌리며 발걸음을 옮겼다.

『신풍기협』 7권에 계속…

FANTASTIC ORIENTAL HEROES
백야 新무협 판타지 소설
낭인천하
浪人天下
낭인천하
2
1

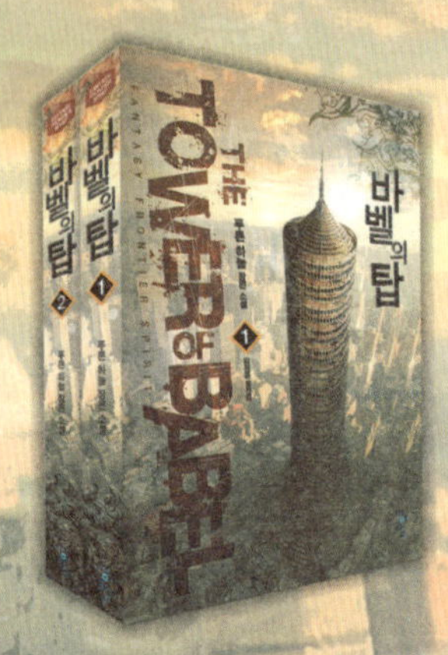

THE
TOWER
OF BABEL
바벨의 탑
FANTASY FRONTIER SPIRIT
푸른 하늘 장편 소설